校註 懐硯

田崎治泰著

笠間書院刊

校訂

對 取

川端善明 著

笠間書院

凡例

一　本書は大学・短期大学国文科の教科の教科書用、自習書用として編纂したものである。

一　本書の原本については巻末の解説を見られたいが、本書は、原本を最も忠実に飜刻したと考えられる中央公論社版　定本西鶴全集第三巻（校訂・頭註暉峻康隆博士）に従って本文を作成した。第、弟、俤ほか二三、正字体を用いた。また読み安くするために、適当と思われる濁点や原本にはない半濁点を補い施した。もとからの濁点と区別することはしなかった。

一　原本には各章に挿絵があるが、本書には割愛した。

一　本書の頭註には、底本に付せられている暉峻博士の註を多く利用させて頂いた。ほかにも、著書を通じて野間光辰博士や前田勇教授などから多大の学恩を蒙っている。暉峻先生をはじめとする諸先生方に心から感謝申し上げる。

一　私事ながら、本書の編纂は学習院大学宮本三郎教授の懇篤な御勧奨によるものである。同氏の友情に答え得たかどうか、深く惧れている。

目次

凡例

本文

目次

本文

雨《あめ》[1]の夜《よ》草庵《さうあん》の中《うち》の樂《たの》しみも旅《たび》しらぬ人の詞《ことば》にや亦《また》人のいへるありしらぬ山しらぬ海《うみ》も旅《たび》こそ師匠《ししやう》なれと我朝《われあさな》〳〵わらんぢのあたらしきをたのみ夕《ゆふべ》〳〵[2]ゆたんのあかなるゝを[3]わざにて[4]おくは[5]そとの濱風《はまかぜ》を身《み》にふれ[6]こさふく夷《えびす》がほこりにもまぶれにしは[7]親《おや》にもつげよといひし嶋守《しまもり》とも身をなし[8]生《いき》の松原《まつばら》[9]箱崎《はこざき》の並木《なみき》のかずも[10]よみおぼゆるに或《ある》はおそろしく或《ある》はおかしく或《ある》は心にとまる人の咄《はな》しをくきみじかき筆《ふで》して旅《たび》せぬ人にと如左《さのごとし》

貞享四年[11]花見月初旬

(1)白楽天「廬山雨夜草庵中」による。
(2)油単。単の布に油をひいたもの。「あか」は垢。
(3)毎日のわざとして旅をつゞけ。
(4)奥。奥州路。
(5)青森県津軽半島の東部海辺。謡曲「善知鳥《うとう》」によつて著名。
(6)「一目玉鉾」「こさ吹て曇もやせん陸奥の夷には見えじ秋の夜の月」(夫木集の歌の改作)。「こさ」とは「いけま」というアイヌの神聖な薬草の別名でそれを嚙んでいると口中一杯に泡沫が出来、それを吹き上げると白雲のごとく辺りに漂う。本来は敵から身を隠す煙幕戦術から来た魔除けの呪の由(西鶴俳諧研究)。古くより胡沙と当字して沙塵のように考えているがそうではない。
(7)「千載集」巻八・平康頼「薩摩がた沖の小島に我ありと親にはつげよ八重の潮風」。
(8)福岡県早良郡の海浜の松原。歌枕。「一目玉鉾」に「涼しさは生の松原増るともそふる扇の風な忘れそ」を挙げる。
(9)福岡市の東に接する。箱崎八幡宮がある。「一目玉鉾」に「幾世にか語り伝へん箱崎の松のちとせの一つならねば」を挙げる。
(10)数えおぼえる。
(11)陰暦三月の異称。

懐《ふところ》硯《すゞり》惣《そう》目《もく》録《ろく》

巻一

巻二

(1) 京都市仁王門通川端東の日蓮宗頂妙寺の仁王門。頂妙寺はもと高倉中御門北にあったが、寛文十三年類焼に会い、同年二条の東河原に移る。このいわゆる二王像は、正しくは持国天像、多聞天像である。この仁王が水につかった事は、「両吟一日千句」第一に「時に仁王も動き出たまふ　西鶴／頂妙寺たまりもあえぬ洪水に　友雪」の付合が示すように事実であった。天理版「西鶴」の解説によれば、延宝二年四月十一日の事である。が、「懐硯」の文章は、延宝四年五月の洪水と受取られる節があった。

(2) 新夫との結婚初夜が明けた朝、今は前夫となった男が、妻の前に姿を現わしたということ。

(3) 疱瘡で美貌の失われた少年の話に、「花の山」、「疱瘡の山」の成語をからませた修辞。

(4) 「意馬心猿」の意の成語に将棋の「駒」をからませた。

(5) 廻船の宛字。

(1)「皷の色」は皷の調べの緒の色と、皷の「微妙」の音色の両義を含もうが、「色にまよふ」と続けては、その音色と色欲とのかけことばと取るべきか。

(2)のぞきこんで。「くれて」は「呉れて」。

(3)説話との関連不詳。

巻五

(1)「かへるる」ママ。
(2)命がけのこと。
(3)「ぶねん」と発音するのがふつうであろう。不注意。計算に入れておかなかったこと。

懐硯巻一

二[1]王門《もん》の綱《つな》[2]

[3]朝白《あさがほ》の昼《ひる》におどろき我《われ》八つにさがりぬ。[4]日暮《くれ》て道をいそぎ何國を宿《やど》とさだめがたきは身の果墓《はてはか》なやとおもひ篭《こみ》しより修行《しゆぎやう》に出給ひ。世の人ごゝろ[5]銘ゝ《めいく》木《き》ゝの[6]花《はな》の都《みやこ》にさへ人同《おな》じからず。まして遠國《ゑんごく》にはかわれる事どもありのまゝに。物がたりの種《たね》にもやと[7]旅硯《たびすゞり》の海《うみ》ひろく言葉《ことば》の山たかく。[8]月ばかりはそれよ見る人。こそたがへとおもしろおかしき法師の住《すみ》所は。[9]北《きた》山等持《とうぢ》院《いん》のほとりに閑居《かんきよ》を極《きわ》め。[10]ひとりはむすばぬ笹《さゝ》の庵各別《いほかくべつ》にかまへて。頭《かしら》は[11]霜《しも》を梳《けづ》りて残切《ざんぎり》となし[12]居士《こじ》衣《ごろも》の袖を子細《しさい》らしく。名《な》は件山《ばんざん》とよべど僧《そう》にもあらず俗《ぞく》ともみへず。朝暮《てうぼ》木魚《もくぎよ》鳴《なら》して[13]唐音《とういん》の經讀《きやうよみ》など菩提《ぼだい》心《しん》[14]の發《おこ》し釈迦《しやか》や達磨《だるま》の口まねするうちにはあらず。唯謠《うたひ》のかわりに聲《こゑ》をたつるのみ。不斷《ふだん》は精進鱠《しやうじんなます》あるにまかせて魚鳥《ぎよてう》もあまさず。座禪《ざぜん》の夢《ゆめ》覺《さめ》ては美妾《びしやう》あまたにいざなはれ。鹿子《かのこ》の袖ふきかへし[15]とめ木のかほりき

(1) 前出。

(2) 鬼の腕を断り取ったという渡辺綱に擬した。

(3) 朝顔の花のしぼむ昼になって、はっと気がついてみれば、我が人生も昼下がり（八つは午後二時）になっていたことを痛感する。

(4) 旅人の日暮れて道をいそぎ、何処を宿とさだめがたいのは、どう終局するか判らぬ、はかない人生の相を示すものだ。我が生もまた然り。

(5) 各人各様の心持をいう。木々は気々に通じる。「銘々木々の花」ともいう。

(6) 「和漢朗詠集」宋之問「年年歳歳花相似、歳歳年年人不同。」

(7) 懐中にする旅行用の小硯。海は墨池であるが、「山たかく」までは、「広い視野、高い文藻を抱きつつ」の意をこめる。

(8) 「月ばかりは変らない。ちがうのは月を見る人々の心である」と面白おかしく思いとった洒脱な法師。

(9) 京都市上京区の臨済宗の寺。

(10) 愛妾などをつれての閑居。

(11) 白髪。

(12) 隠者の身にまとう道服の一種。

(13) 禅宗の経文は唐音でよむ。

(14) 上のN音に影響されて、「を」が「の」となった。

(15) 鹿の子の着物の袖口の、ふきかえし（裏のきれを表へ折りかえして、縁として縫いつけた所）に焚きしめた留木（香木を衣服に焚きしめること）。

く間《ま》も。紙袋《かみぶくろ》の抹香《まつかう》のにほひ[1]うつるも煙《けぶり》は皆無常《みなむじやう》のたね[2]。はじめてかり衣《ごろも》のすそみぢかく。草鞋《わらんぢ》に石[3]高《だか》なる京の道を[4]ふみ出しに。更《さら》に[5]張笠《はりがさ》のうへに音《をと》なしてふりつゞきたる[6]五月雨。[7]黑木賣《くろうり》のわたり絶《たへ》て[8]白川の棚橋埋《たなばしうづ》み。爰《こゝ》に目なれぬ家程《いゑほど》の浪《なみ》かさなりて。岸根《きしね》の崩《くづ》るゝをなげくに。水かさまさりて堤《つゝみ》の切れかゝり里人太鞁《たいこ》うちつゞき。すゐ〳〵の枝《えだ》川諸木《しよぼく》も葉付《はつき》の筏《いかだ》を流《なが》し。[9]三条縄手《でうなはて》すさまじく[10]頂妙寺《ちやうめうじ》の惣門《そうもん》につきて。仏壇《ぶつだん》おのづからの[11]ながれ題目《だいもく》となれり。寺中法師《じちうほうし》の腕《うで》だてもかなわず。南門《なんもん》くづれて二王も浪《なみ》につれて口あき口ふさぎ青《あを》き息《いき》をつき給へども誰《たれ》とりあぐべきやうなく。岩角《いわかど》にあたりてつゐにくだけてあさましくなりぬ。日も暮《くれ》におよびて七条通《どをり》の町人に。[12]樵木屋《こりき》甚太夫という男薪《たきゞ》の行《ゆく》水につれて。熊手《くまで》にして掛《かけ》あげけるが彼二王の片《かた》手を取あげ。律義《りつぎ》におどろきめしつれたる男に鬼《おに》のかいなといふ物也。是家の重寶《でうほう》[13]かまへて沙汰《さた》する事なかれと。ひそかに宿《やど》より半櫃《はんびつ》を取よせ是におさめ。俄《にはか》に[14]しめかざりて内藏《うちぐら》に納《をさめ》ぬ。鬼の手を拾《ひろ》ひしといへば人皆[15]興《けう》をさましぬ。されども此人日《ひ》比《ごろ》

(1) まじってにおう。
(2) 無常を思わせるものである。
(3) 石で高低の多いこと。
(4) ふみ出(いで)しに。
(5) 竹の骨組の上に紙を幾重にも張り、渋をひいた雨笠。
(6) ここは延宝二年四月十日夜の大雨による翌十一日の京都出水を踏まえる。
(7) 生木を黒くいぶした薪を八瀬・大原から売りに来る女たち。
(8) 三条通白川橋で、ここを渡り、粟田口を経て大津に至る。棚橋とは板のかり橋の由で寛文二年五月一日の大地震以前は板橋であったのが、その直後、堅牢な石橋に造り代えられた。それ故、棚橋が辞書にいうように、板のかり橋の意とすると、今にも流れてしまいそうに見せるフィクションということになる。
(9) 賀茂川東岸。三条大橋東詰より南への道。
(10) 前出。
(11) 流れ出したというのと、日蓮宗の縁で流れ題目とかけた。流れ題目は波の題目ともいい、昔、日蓮が佐渡へ配流の時、海上に書いた妙法蓮華経の文字が後世でも残っていて、法華信心の人が船に乗ってそこに行けば、波の上に題目があらわれる由をいう。
(12) 薪木屋。
(13) 決していいふらしてはならない。「沙汰する」はうわさする。
(14) しめかざりをして。
(15) 驚き、呆れた。

[1]そまつなる事とて。いわざる者なれば。いづれも見ぬ先《さき》に横手《よこ》をうつて。是末代《まつだい》の[2]かたり句《く》なればみせて給はれと。町内にて年久しき人たとへ命をとらるればとて[3]世にのぞみなしといふも有。又わかき人は前後《ぜんご》かまわぬ無分別《むふんべつ》。身体《しんだい》よろしき人はしんしやくして是を見ざりき彼是十一人見るにきはめ女房にいとまごひのさかづきし。鏁《くさり》かたびら着《き》るもあり[4]重代《じうだい》をさすもあり。または節分《せつぶん》の大豆《まめ》を懐中《くわいちう》するもあり棒《ぼう》ちぎり木脹《なぎなた》。おもひ〱にふりかたげ身ふるはしながら是を見んとひしめくは。今もおろかなるは世の人ぞかし。既《すで》に夜《よる》にもなれば見る時も今なるべし。亭主《ていしゆ》は人よりことさらに身をかため。手燭《てしよく》ともして藏《くら》に入是なる櫃《ひつ》にあり。蓋《ふた》をあけると立かゝればおの〱目と目を見合せ四方より[5]取まわし櫃《ひつ》のうちを眈《のぞき》けるに。ふしぎや此かいな誰《たが》目にもうごくと見えて氣《き》をうしなひ。[6]我と持たる刄《やいば》に怪我《けが》して大きに悩《なや》みける。此事さたして其夜もすがら洛《らく》中《ちう》の人ゝ門に市なして見る事をのぞみぬ。あけの日頂妙《ちやうめう》寺の二王とし て。夜前の事のおかしかりき。かりそめ事に[7]して世のつゐへとなりて此

(1)軽率なこと。

(2)語り草。

(3)これを見るよりほかに世に望みなし。

(4)先祖伝来の刀。

(5)取りまき。

(6)我と我が持った刄で負傷して。

(7)しても、してからが。

男を二王門の綱《つな》とぞ申ける

[1]照《てら》を取昼舟《ひるぶね》の中

[2]人の身はつながぬ舟のごとし。[3]伏見《ふしみ》の濱《はま》の浪《なみ》まくら爰に一夜をあかして。[4]昼《ひる》の下《くだ》り舟あらば大坂までのたよりとながめわたれば。きのふ夕べ大か[5]たは出舟の跡淋《あとさび》しく。[6]京橋《きやうばし》の旅籠《はたご》屋には疊扣立《たゝみたゝきたて》。[7]茶筅賣《ちやせんうり》は衣かたしきてうたゝね。[8]蕎切《そば》ぶね牛房《ごぼう》も焼絶《たきたへ》て。床髪結《とこかみゆひ》さへ所のわかひ者の[9]角《かど》ぬいて居《ゐる》など。此里も日のうちの隙《ひま》おかしく。問《とい》屋の[10]門鞠《かどまり》を見てゐし時。[11]番《ばん》所《しょ》より[12]改《あらた》めて[13]かぎりの舟下《くだ》るといへば。法師《はうし》といひ旅《たび》と申夢もむすばぬしばしが程。便船《びんせん》の[14]ことはり聞て情《なさけ》ある人〻は[15]胴《どう》の間《ま》に乗《のり》うつりければ。我は[16]火床《どこ》の前《まへ》に身をすゝめて。人の菅笠《すげがさ》にもさはらず船頭《せんどう》にもよい天氣《き》と機嫌《きげん》とり[17]豊後橋《ぶんごばし》をさし下し[18]楊枝《ようじ》が嶋《しま》を過て。[19]淀《よど》小橋《ばし》を越《こへ》て男山の姿《すがた》も

(1)寺銭。博奕宿の主に支払う口銭。
(2)「和漢朗詠集」巻下。羅維「観身岸額離根草論命江頭不繫舟」。なお謡曲「大原御幸」にも引かれる。
(3)「浜」はここでは「河岸」の意。伏見の河辺で宿ること。
(4)伏見から大阪まで、淀川十里を下る乗合三十石船。所要時間は半日。朝立って夕方につく。
(5)昨夜の下り舟についていっている。その翌朝の閑散とした様子。
(6)伏見京橋。乗合船の発着所で、旅館や問屋が軒をならべていた。
(7)茶筅は伏見の名物（一目玉鉾）。
(8)「くらわんか船」。三十石船の客に、蕎麦や、八幡牛蒡をたたき牛蒡に作って売る船。煮物をした火も消えており。
(9)半元服の少年が、前髪の額際両隅を角に剃り込む。「すみ」を入れるともいう。
(10)家の前の道路で行う蹴鞠。
(11)船番所。
(12)「状況を調べて」の意か。
(13)当日最終の下りの昼船。結局当日の昼船は四人で借り切った形のこれ一つであろう。
(14)事情を訴えてのたのみ。
(15)和船の中央の間《ま》。
(16)ひどこ。船のかまど。
(17)伏見の南、宇治川にかけられた橋。
(18)淀小橋の東に在るという。
(19)淀町の北、宇治川にかけられた橋。木津川にかけられた大橋に対していう。

㝡殊勝《いとしゆしやう》にすみ[1]濁《にご》るをもかまはず素人謡《しろとうたひ》又は山崎《ざき》[2]がよひの小哥《うた》。浪《なみ》に聲《こゑ》せわしく十里が間《あいだ》のなぐさみ。攝河《せつか》兩國《ごく》南北《なんぼく》の川岸柳《ぎしやなぎ》に烏《からす》もおもしろく。一村の祖母《ばゞ》五十人程小舟に乘《のり》ゆくは。[3]六条殿まいりとてありがたくおかしく。心〳〵の人づきあひ此舟四人してかられけるに。ひとりは播磨《はりま》の淨土坊主《じやうどばうず》此たび長老《らう》[4]になりての歸《かへ》るさ。一人は近江《あふみ》の布屋又は長崎の町人。今ひとりは大坂長堀《ぼり》[5]あたりの材木《ざいもく》屋の一子《し》なるが親はかくれもなき始末《しまつ》者久しくたくはへ置れし金銀を。色の道につかひ捨《すて》幾度《いくたび》か吴見《いけん》せられてやむ事なく。廿二の時勘當《かんどう》にて江戸に下りてそれより越中《ゑつちう》に立越《こへ》おのづからにふむ塩《しほ》[6]の山。年月世をかせぎて身のつらさをわすれず。此五とせあまりに金子三百兩仕出し。なき[7]商《あきなひ》の道油斷《ゆだん》なく流石《さすが》は上《かみ》がた人とて北國《ほつこく》人此風俗《ふうぞく》をまねて所の寳《たから》なれば大坂へは歸《かへ》さじ爰に取留《とゞめ》てなどゝ乞聟《こひ》にして。追付縁《おつつけゑん》をむすぶ時難波《なには》のふるき友達《ともだち》。信濃《しなの》の善光寺《ぜんくわじ》まいりの折ふしめぐりあいて。互《たがひ》にむかしを語《かた》るにつきず今は二親《をや》のなげき給ふをはなせば。故郷忘《こきやうぼう》じがたく其人に詫言状《わびごとじやう》をのぼせば。母の親ことさ

(1)「世の中の人は何とも岩清水すみにごるをば神ぞ知るらん」(岩清水の神詠)による。うたいの発音の清濁にかける。
(2)「面白の山崎通ひや、云々」の小歌。天和元年筆写の「業平躍歌」番外に、古い形が見える。
(3)京都の六条にあった東西両本願寺参詣。上の「一村」は「一群」。
(4)本山で住職の認証を受けて来たのであろう。
(5)大阪の長堀川に沿うた町筋で、材木屋が多かった。
(6)苦労して世間を知る意の諺「塩をふむ」をふまえ、立越の縁で山といった。
(7)不詳。

らに恋《こひ》しがりてとにかく歸れとの仰せによつて。越《ゑつ》中の出見せあらかたに仕舞《しまい》。もうけためし金子も見せて。親仁によろこばせ申さんと[1]乗掛葛《のりかけつゞ》籠《ら》に入て。其外絹綿《きぬわた》のみやげ物錦着《にしきき》て歸る心地して。けふの舟路《ふなぢ》もいさぎよく酒菓子《くわし》の代物も乗合《のりあひ》の中間として物がたく一錢《せん》の事までも[2]めのこ算用《ざんよう》に。いづれも旅功者《たびこうしや》成すれもの。損得《そんとく》なしに埒《らち》を明未《あけいまだ》大坂へは舟のうへ六里半[3]牧方《ひらかた》あたりより身拵《ごしら》へして竹杖《づゑ》までも[4]取まわし。万事《ばんじ》に氣を付るうちに舟人が[5]櫓《ろ》米櫃《まいびつ》より。[6]布袋《ほてい》屋かるたの[7]十馬八九のたらぬ取あつめ物を出しければ。小者ども壱文二文に[8]讀《よみ》て程なく。跡先《あとさき》に四五文づゝ置て手元せわしく勝負《しやうぶ》しける。清兵衞下人越中よりめしつれたる男。[9]百ざし[10]みなになして[11]鬢鏡《びんかゞみ》八分に卽座《そくざ》に賣て是もうちこめば。律義《りちぎ》ものにて上氣《き》してうろたへたる皃《かほ》つきおかしく。取かへしてとらすとて清兵衞立かゝり[12]てんがうにするうちに錢八百まけになれば。是切といふ所へ播磨《はりま》の長老《らう》すゝみ出。後生《ごしやう》大事に[13]ひねりければ[14]九品の淨土《じやうど》かふとて。衆《しゆ》生殘《のこ》らず根《ね》から取れば。[15]ひたものに置かけ[16]つるまめ板一歩せんさくに成。長

(1)乗掛は宿駅の駄馬一頭に、二十貫目の荷物をつけ、その上に人一人のること。その馬につけるつゞら。
(2)女の子が勘定するように一つ一つ数えること。
(3)大阪府、北河内郡の町で、街道の宿駅でもあった。
(4)手許にとり揃えておき。
(5)船頭用の米櫃。
(6)京五条高倉にあった有名なかるた屋。
(7)天正かるたの「いす」(剣) の紋のある札の十一枚目の札。
(8)よみかるたを打つ。なお、「跡先に四五文云々」は、まもなく、三枚かるた (かう) を打ちはじめたことをいう。
(9)銭百文 (実は九十六文) を緡(さし)につないだもの。
(10)すっかり無くしてしまい。
(11)鬢をうつして見るための小さい鏡。男は髭抜きの時にも用いる。
(12)いたずら。
(13)かるたを考えて引くこと。
(14)「かふ」は「かう」とも記し、「三枚かるた」と同じ。「かぶ」ともいう。「長老」、「後生大事」、「九品の浄土」、「衆生」は縁語である。皆の賭けた金を長老がごっそりとすくい取るので、「九品の浄土かふ」といった。九の数を「かふ」と称する縁もある。
(15)ひたすらに。
(16)ひよっとそれが高じて、豆板銀 (小粒の銀貨) や一歩金 (一両の四分の一) を賭ける仕儀となり。

老六七両も勝たまへば近江の布屋さし出。長崎の人大氣《き》にかゝり。[1]三番まきに付目取て山のごとく置立しに。次第につのりて[2]千両ばかり小判《ばん》。あなたこなたの手にわたれば船頭《せんどう》[3]古御器《ふるごき》出しててらをうたせけるに是さへ金子十両にあまりぬ。舟はいそぎもやらず下しけるに雨あがりにして水はやく程なふ長柄《ながら》川に來て大坂が見ゆるといふ時。清兵衛三百両のこらず眉《まけ》て越中より親達親類《をやたちしんるい》へのつかひ物。絹綿《きぬわた》も[4]直《ね》打してみな〳〵まけになりて。[5]川崎《さき》を瀬越《せごし》とてありたけ置てとられ。舟は[6]八軒《けん》屋につきて長崎《さき》人氣《き》嫌《げん》よくあがれば。つゞきて播广《はり》の長老《ちやうらう》の仕合百両餘《あまり》も勝《かち》て此度の京の入用をしてやり不慮《ふりよ》に能同船《よきどうせん》を致しましたと念比《ねんごろ》にいとまごひおかし。布屋は小判《こばん》十四両と絹綿《きぬわた》取て。澁《しぶ》紙包にさせて舟より足ばやにあがり。こもどりして船頭を呼《よび》かけわらんぢかけが片足《かたあし》あるはづじや見てたもれと。是まで取て歸る清兵衛跡《あと》に殘《のこ》りて船頭《せんどう》にいろ〳〵なげきててらのうちより金子二歩と錢二百もらひて。舟より直《すぐ》に長堀親《ほりおや》のもとへはゆかずして又身拵《ごしらへ》して明荷物《あきにもつ》を小者にもたせはる〳〵古里に歸る甲斐《かひ》なく

(1)不詳。付目はねらいをつけた札。またはそれで勝つこと。
(2)千両ばかり。ここで。が付き、下の「小判」には付けないのが至当の所。また、「千両ばかりの小判が」とも考えられる。
(3)古椀。
(4)値ぶみして、金のかわりに賭け。
(5)「瀬越」の原義は「川瀬を越えること」で「危機」または「危機をのりこえる」意味になる。ここは「危機を切り抜けようと有金全部賭けて」の意である。なお、川崎は瀬と縁語であるが、終点近くなった大阪の地名川崎も利いていよう。
(6)大阪天満橋南詰から天神橋南詰までの河岸で、伏見通いの船の発着所。(伏見京橋に対する)。

歩行《かち》にて越中に下りぬ。かりにもせまじきものは博奕《ばくち》わざ家をうしなひ身を捨《すつ》るのひとつ是ぞ。[1]前ふたに三つがあがるにしてからせまじき物ぞ

長持《もち》には時ならぬ太鞁《たいこ》

老若《らうにやく》しばしの[2]氣《き》を移《うつ》して。[3]生死《じ》の堺町《さかい》を見物人は今もしれず。息《いき》引取は墓《はか》なき借簽《かしぎせる》を片《かた》手にして。圓座《ゑんざ》所[4]せきなく数《す》十人の皃《かほ》つき都《みやこ》であひ見し近付とてはひとりもなし。[5]世界《せかい》の廣《ひろ》き事のおもはれける大かたは侍[6]のつきあひなりしに。[7]鞘《さや》とがめ詞論《ことばろん》も絶《たへ》て靜《しづか》なる時津《ときつ》浪笛鞁《なみふえつゞみ》うちおさまりて。是が今日の[8]猿若《さるわか》勘三郎が出て[9]三拍子《びやうし》そろひ袴《ばかま》の座付。[10]玉川千之丞が狂言《けうげん》とて人みなしはぶきをもやめて是一番《ばん》と待《まち》見しに。京で聞たる聲にかはらず面影《おもかげ》の[11]かよひ小町。むかしを今に見なし果《はて》の太鞁《たいこ》に立出しに[12]小芝居《しばい》に[13]播磨《はりま》が六道の絲閣《からくり》[14]魔鳥《あんまてう》は是じやと。簡板《かんばん》たゝき立る中に。[15]西國《さいこく》風の勝《かつ》

(1) 不詳。「前ふだ」か。全体の意としては、最上の目がついてもということであろう。
(2) 気持をまぎらわして。
(3) 生死の堺と、江戸の芝居町の 堺町(ちょう) をかける。なお、「生死の堺」、「今も知れず息引取」、「墓なき」、「借簽(煙)」は縁語である。
(4) 「所狭《せ》く」と同じ。満員。
(5) 「それにつけても」と上に補ってよむ。
(6) 江戸は武士の町である。女の少ない町だったことは「色里三所世帯下」に見える。
(7) 我が刀の鞘に人の刀の鞘が当るのを咎めることや口論も。
(8) 江戸中村座の太夫本。二世明石勘三郎。フィクションであるが、寛文元年とすれば十五才である。因みに「是は今日の猿若でござる」の名乗が猿若の出のきまり言葉であった。(延宝二年死去)。
(9) 「そろひ」は上、下にかかる。「座付」は京坂の歌舞伎の顔見世などで、初めに述べる口上で、新加入の役者の紹介をしたり、新座元があいさつを述べたりすること。江戸芝居であるが、それをいったのだろう。なお、ここは、三拍子(大鼓、小鼓、笛)のそろったシャギリのようなものが終って、揃い袴で出ている太夫本の勘三郎が、新加入の千之丞を紹介する口上を述べたというのではなかろうか。
(10) もと京の村山座の女形。寛文元年江戸に下り、勘三郎座で、「河内通」の狂言を三年間演じて名声を博したという。(寛文十一年死去)。
(11) 美しい面影が似通うというのに、外題名の「かよひ小町」を借り、「かよひ」というので、「河内通」を利かせたのであろう。
(12) ここでは見世物小屋。
(13) からくり人形つかい松田播磨掾。
(14) 冥土の罪人を追い責める、からくり仕掛の作り物の鳥であろうという。
(15) 九州風のわがままな武士の態度、行動。

手《て》を爰に出し町人を白眼《ねめ》まはせど。すこしも恐るゝ人なく。[1]かへりくらはして[2]當言《あてこと》いはれ。無念《ねん》かさなる折ふし[3]穿人《らう》らしき男。はたちあまりの風情《ふうぜい》物やはらかなるに短刀《みぢか》を落《おと》しざしに。編笠《あみがさ》さきさがりに世を忍ぶあり様して。十二三の[4]治郎《やらう》に紙《かみ》子の廣《ひろ》袖[5]鈍子《どんす》の衣裏《ゑり》はさながら[6]脇指袋《わきざしぶくろ》をときて掛《かけ》たるやうなり。是物好《ずき》とは見ゑず[7]詫《わび》ての草履《ざうり》取手を[8]振《ふる》いさみもなく。主人《しゆじん》につゞきて通りしに彼わかもの頭《かしら》に手をさして小人嶋《こびとじま》の鑓持《やりもち》と見立て悪口《わる》いふにかまわず。其程過しに跡《あと》よりきたつて奴子《やらう》が鼻《はな》をつまみあぐれは。せつながりて赤面《せきめん》する時たまりかね覚悟《かくご》して。ひそかに小者を宿《やど》にかへし。[9]八丁堀稲荷橋《ぼりいなりばし》の中程にてむかふより聲をかけて寂前《さいぜん》の狼藉《らうぜき》おぼへたかとひだりの肩先《かたさき》より切落《おと》せば。殘る四人おどろきしばらく抜《ぬき》もあはせず身ぶるひせしを又壱人鬢《びん》さきを切付首尾《しゆび》よく立退《のく》を辻番手柄《がら》を見るより[10]心して[11]門うたずして通しける。三人漸々《ようく》氣《き》居《すへ》て彼者を一筋《すぢ》に追《おい》かけしに築地《つきぢ》の末[12]小屋掛町まで迯《にげ》のび。次第にけはしくなつて濱《はま》手《て》の草葺《ぶき》の内にはしり入。たゞ今追手《おいて》のかゝる者。身を隠《かく》してたまわれ万

(1)面従腹背で、手きびしいお返しをする。
(2)あてこすり。
(3)ママ。牢人。
(4)子供なのに、前髪を剃り落した頭をしている。「治郎」が正しい。
(5)ママ。緞子。
(6)脇指の柄袋。
(7)生活に窮しての。主人が窮していて、小者にも已むなくかようななりをさせている。「侘て」が正しい。
(8)供奴は威勢よく手を振るものだが、その勇みもなく。
(9)この橋は中央区八丁堀の南端にかけられているもので、堺町からはかなりの距離があり、いささか不審である。
(10)好意をよせ便宜を計って。
(11)市内の要所々々に設けた木戸。
(12)不詳。小屋掛の町か。築地は万治元年あたりに埋め立てられた低湿地で、仮小屋の細民が住んでいたのであろう。

事はたのむといへど答《こた》ふるあるじもなく十五六なる娘形《むすめかたち》のやさしげなるがひとり留守《るす》して東あかりの窓《まど》のもとにむすぼれし糸とき捨《すて》て立出其草履《ざうり》をそこに脱捨《ぬぎすて》たまへ裏《うら》よりぬけ道ありといふにぞ。前後《ぜんご》おぼへず忍《しの》び行其後娘は長持に立寄《より》子細《しさい》ありげに錠《でう》をおろしゝ時。三人はしりつき此家なるはとみだれ入。見まはせば其人なし扨は此長櫃《びつ》に隠《かく》せしに極《きわ》まる。[1]いそひで出せとつめかけしに娘すこしもさはぐ氣色《けしき》なく。いかなる事ぞ我はしらず人の家に斷《ことわり》なしの癖者《くせもの》。壱人もあまさじと掛《かけ》ふるびたる長刀おつ取切てかゝる。女に手むかひはならず三人ともに身をひそめ難儀《なんぎ》の折から。近《きん》所の人〻あつまりてとやかく詮義《せんぎ》の所へ。二親[2]御堂《みどう》より下向《げかう》して父は[3]肩衣《かたぎぬ》かけながら母は[4]綿帽子《わたぼうし》とりもあへず。是はと娘にすがりはじめを聞とゞけ安堵《あんど》して。親仁三人の者を引つけて我[5]今こそはあれ以前《いぜん》は痩《やせ》馬にも乘《のり》。鎗鑓《さびやり》の二筋《すぢ》もたせて。豊《とよ》田長五左衞門と名をよばれしが。今かくあさましき住家《すみか》なればとて娘ばかりの[6]内證《ないしやう》に入て[7]存外《ぞんぐわい》[8]せしゆへなし。[9]おのればら世の掟《おきて》をそむく物取なるべし。さもなくば主《しゆ》

(1)ママ。急いで。

(2)明暦大火後、後の両国薬研堀あたりから築地三丁目に移った西本願寺別院。

(3)真宗の門徒が参拝の際に着用する礼服。上下の上に当る。

(4)置綿ともいう。

(5)今こそかくおちぶれているが。「古今集」巻十七「今こそあれ我も昔は男山さかゆく時もありこしものを」。

(6)家庭内。

(7)慮外。無礼。

(8)過去の形であらわしてあるが、現在の意味。

(9)おのれ輩。

人を申せ其まゝはかへさじといふにぞ。三人道理《どうり》にせめられさま〴〵手[1]をさげて人をあやめしものをつけ込《こみ》[2]折ふし長持をしめさせ給へば心のせくまゝにあやまり申と。段〻《だん〴〵》詫言《わびこと》聞とゞけてしからばさもあるべし。おの〴〵心掛《がゝ》りは此長櫃《びつ》の中なるべし。ちか比見するも耻《はづか》しけれど此上にあらためぬは武士《ぶし》の本意《ほんい》にあらずと鎰《かぎ》取て蓋《ふた》をあけ三人のうち壱人に眝《のぞか》せけるに。あわれや牢《らう》人のありさま衣類《いるい》の入物なるに辻《つぢ》[3]なしの傘《からかさ》一本日光挽《くわうびき》[4]のはした盆《ぼん》。鎌倉《かまくら》の繪圖《ゑづ》の破《やぶ》れ。藝古《けいこ》乗《のり》の木馬《もくば》袖付[5]の紙合羽《かみがつぱ》。ぬり足駄《あしだ》箔《はく》置の太鞁《たいこ》。ひとつも錢になるものはなかりき。皆みなみかねて立歸る三人の者も礼義《れいぎ》をのべてわかれぬ。其後ことなくしづまつて夕暮がたになつて。長五左衛門つれあひにかたられしは人の難儀《なんぎ》はいつをさだめがたし。けふの迷惑《めいわく》思ひもよらずむかしならばたとへば[6]。かけこみものなればとて天晴《あつぱれ》[7]出しはせじに。其時〴〵[8]をさばきて長持の耻《はぢ》をさらせし事よと。棒鞘《ばうざや》[9]の相口《あい》にぎりて泪《なみだ》をこぼす娘も今あさましき親の御暮し。おもへばいとゞ女心の乱《みだ》れけるをしづめ。けふの御難儀《なんぎ》はみづか

(1)手を下げて。詫びて。
(2)丁度その折から。
(3)あたまのない。てっぺんのぬけた。
(4)日光附近で産した轆轤挽きの家具。
(5)袖のついている。
(6)たとえ。
(7)出しはすまじきに。
(8)覚悟もなくその場その場を処置して。
(9)白鞘。

らがなす事なり子細《しさい》は是も牢人《らう》らしき侍の血刀《ちがたな》さげてかけ入。たのむと云一言《ごん》見捨《すて》がたくうらへぬけさせ長持に入たるやうに見せかけ。其隙《ひま》[1]に迯《にげ》のび申べしと存追手《ぞんじおつて》の者の氣[2]を取汁と。此事意細《いさい》[3]にかたれば長五左衛門夫婦《ふうふ》手をうつて女の早速《さつそく》[4]には扨も〳〵と我子ながらたのもしく。是に付ても牢人《らう》[5]うらめしく日数《かず》をおくるうちに。今は賣《うる》べき道具《だうぐ》もなく。うき秋九月の[6]節句前《せつく》になりてなを〳〵菊の霜枯《がれ》に一日をくらしかね。世の人は千《ち》[7]とせをのぶる盃《さかづき》事水を呑《のむ》力もなくて。此まゝ朽果《くちはつ》る身のならひ日影《かげ》[8]にうづむ苔《こけ》の石[9]にて手をつめたるごとくになりぬ。はや九月七日の夜武藏野《むさしの》の月清《きよ》く。品《しな》川おもての海照《うみてり》て遊山《ゆさん》舟の歸さに遠音《とをね》の糸竹《いと》[10]。心はそれにうつりて頭《かしら》を振《ふつ》て鼻《はな》うたうたへど。きのふの[11]腹《はら》にてけふはさびしく。置[12]ぬ棚《たな》をまぶれど鼠《ねずみ》もあれぬ宿のかなしく。妻子《さいし》のこゝろざしをおもへばながらへて甲斐《かひ》はなしと。常《つね》[13]にもてなし礒辺《いそべ》に出小脇指《わきざし》にてこ[14]ゝろもとをつくに。[15]足よは車の膝《ひざ》ふるひ出手先《さき》に力《ちから》なく。死《し》ぬる事さへ我まゝならずして其口惜《をし》さ武運《ぶうん》もかくまでつきぬるものかと。地に伏《ふし》て

(1)「そのようにすれば」を上に補って解く。
(2)注意を引きつけました。
(3)ママ、委細。
(4)「さそく」ともいう。すばやく気を利かして。
(5)牢人であることがうらめしく。
(6)九月の節句前（支払期）になって、菊の節句を前にしていよいよ菊が霜枯れるように貧窮の極に達し。
(7)重陽の節句に延命長寿の菊酒をくみかわすというのに、こちらでは。
(8)日陰に埋もれて苔むした石のようで。「石にて」は上、下にかかる。
(9)動きがとれなくなったの意。
(10)三味線、笛の類。
(11)昨日食べたままの腹で。
(12)「まぶる」は「まもる」、「みつめる」の意で、もともと置かないもののあるわけはないのにいう諺。
(13)ふだんのていにふるまい。
(14)胸元。
(15)ここでは、衰弱して、足に力が入らず、がくがくすること。

なげきぬ娘はおそきを案《あん》じてたづね見て此ありさまにおどろき。さりとて御卑《ひ》氣《けう》なり[1]はかなくならせ給ひ母は何とならせ給ふべし。世わたりの[2]種《たね》は是にありと。袖より金子五兩取出し親《をや》たる人にわたし。娘は[3]かいくれに見へずなりぬ母又是をなげき。たづぬべきたよりなくそれより二三日諸神《しよじん》を祈《いのり》給ふにふしぎやあり所のしれける。此嶋[4]つゞきに隠《かく》し遊女《ゆうじよ》ありて。契《ちぎり》を當座切《たうざぎり》[5]にさもしき事なるに是にあたら身をしづめてわづかなる金銀にて。二親をはごくみぬる心ざし艶《やさ》しくあわれなり。其日より髪《かみ》かたちをなをし[6]水あげといわゐける。その客《きやく》に成人は[7]屋敷形《がた》の小者中間《こものちうげん》。又は渡海《とかい》の船頭《せんどう》。八王子の柴賣《しばうり》。[8]上下宿《やど》の[9]六尺[10]願人坊主《ぐわんにんばうず》。あるひは[11]肩《かた》の上の商人《あきうど》[12]向嶋《むかひじま》の野人《やじん》。わけもなく入みだれて一生《しやう》うき流《なが》れの女となる所へ。長五左衞門かけつけ親《をや》の合点《がつてん》もせざる娘《むすめ》をかどわかしてと。ねだるにかへつて耻《はぢ》を思ひ。いまだ其身に染《そま》らぬさきをうれしく前金《まへきん》かへしてつれ歸り。扨もあぶなき[13]仕合いかに親を思へばとて我子には淺《あさ》ましき心《しん》底《てい》なり。名こそをしけれ命は夢《ゆめ》の間《ま》の[14]ありなし物。ならびて寂後《さいご》と夫婦《ふうふ》

(1)父上が亡くなられたら、母上はどうなられることでしょうか。
(2)資金。
(3)掻暮。まったく。まるで。たえて。
(4)築地をいう。万治元年に埋立てたので島といった。
(5)卑しい勤め。
(6)遊女のはじめて客に接すること。
(7)屋敷方。武家方。
(8)旅人に付添ってかごをかいたり、雑用をしたり、また人から飛脚のようなことを頼まれたりするのが上下。臨時に雇われる旅行用の人足で、上下六尺、日傭六尺ともいう(「隔蓂記」寛文五年の条)。その寝泊りしている宿であろう。
(9)力仕事をする者。かごかきには限らない。要するに人足だが、ここは上の「上下」と同じ。
(10)乞食僧で、代待や、代垢離を行なった。
(11)棒手振の商人。
(12)むこうじま。
(13)成りゆき。形勢。あぶないところであったの意。
(14)あっても無いと同じはかないもの。

の中に娘を置。一度《ど》に聲かけて自害《じがい》をする時。門に馬乗物《のり》の音《をと》なして。歴〻《れきく》の侍《さふらい》内に入。それがしは杉《すぎ》戸枚馬《かづま》といへる牢《らう》人なりしが。此たび古主《こしう》へ八百石にて歸参《きさん》いたせり。すぎし年息女《そくじよ》に命をすくはれ。あやうき所をのがれ本國《ほんごく》に下り。首尾《しゆび》[1]のこる所なく此事一門にかたれば夫《それ》こそ祥《さいわゐ》の縁組《ゑんぐみ》なれ。其斷《ことは》[2]りを申入。御不足《ふそく》なりともそれがしを聟《むこ》になしたまへと。是非《ぜひ》に申うけ夫妻《ふさい》[3]にさだめて。互《たがひ》によろこびのはなの時二たび運《うん》をひらけるこゝちして。娘《むすめ》もろともに引つれ霞《かすみ》[4]が關《せき》今越《こへ》て奥刕《おうしう》にぞ下りける。其後長五左衞門も古主《こしう》に呼《よび》かへされ本知《ほんち》[5]千石とれば。神《かみ》も見捨《すて》たまはず弓矢《ゆみや》の家《いゑ》ながくすたらず。武士《ぶし》はたのもしきものにぞありける

案内《あんない》しつてむかしの寝所《ねどころ》

淡路嶋《あはぢしま》[6]かよふ鵆《ちどり》のなく[7]聲に世のあわれ見る事あり家嶋《ゐじま》[8]といふみなとに舟

(1)何もかもうまく運び。
(2)その事情を先方に申し入れ。その下に、「息女を妻に貰うようになさいと勧められた」の句を補つて解する。
(3)妻。巻五の五には「婦妻」と見える。妻のことを「夫妻」と書いた例は「武道伝来記」二の四にも見え、前田金五郎氏は「婦妻」の宛字としておられる。但し西鶴だけの用字ではないらしい。
(4)「歌枕。今の千代田区霞ケ関がその址という。上の「引つれ」と「霞」と縁語。
(5)もと取っていた知行。
(6)「金葉集」巻四「淡路島かよふ千鳥のなく声にいく夜ねざめぬ須磨の関守」。
(7)なく声に目覚めての意。「ねているのを起されて」の意味を利かせる。
(8)よみ方は同じだが、「絵嶋」とあるべきところ。淡路島北端の絵島。

がゝりして。一夜をあかすにさりとてはおもしろからぬ所なり。むかしの小哥《うた》[1]に花の家じまと何が目に見へてうたひけるぞ。春さへ櫻もなく秋の夕暮《ゆふぐれ》の心して。[2]浦の笘屋《とま》に立よりけるに女あつまり茶《ちゃ》事してたのしみ。ありふれたる娌《よめ》そしり咄《ばな》しすべき者が。物毎《ごと》いそぐ事には仕《し》違《ちが》ひありと。分別《ふんべつ》らしき物がたり何事ならんと聞に。此濱《はま》の獵人《れうど》に北岸《きし》久六といふものありて。毎年鰯網《まいねんいわしあみ》にやとわれ東《あづま》の海に行事あり。いつもは大勢組《ぜいくみ》して下りしに。[3]過つる秋は人すゝ[4]まず[5]勝手《かつて》づくにて我一人下りぬひさしくたよりの事もなく其身無筆《むひつ》なればおのづから[6]に世をそむきて親類《しんるい》にも氣遣《づかひ》をいたさせける。其年の秋日和《ひより》あれて獵舟《れうせん》あまた損《そん》じたると風の吹やうに聞ば。さては久六も世になき人となりけるかと一門なげくにぞ。人の口にて寂後《さいご》まざ〳〵と見たるやうに申なし。[7]ひとつれに二百五拾人外《そと》海《うみ》にて相果《はて》しとや當年は心がゝりなりしにく[8]だらで仕合とみな〳〵いふにつらさのまさり。なげく中にも女房の身にしてはひとしほかなしさもまさり明くれ是のみにして。命も捨《すつ》る程に思ひ込《こみ》しかば女心のやさしく

(1)「花の絵島が唐糸であらばたぐりよせうものわが宿へ」であろう。淡路の俚謡の形であげるが、後世、各地にいろいろの形で見られる。（参考、笹野堅氏「近世歌謡集」）
(2)「新古今集」定家「見渡せば花ももみぢもなかりけり浦のとまやの秋の夕暮」。
(3)前年の秋。
(4)進んで行こうとせず。
(5)自分には、行く方が都合がよいので。
(6)世を捨てたような形になって。
(7)一連れ。一隊。一団。
(8)下らで。

聞えぬ。然《しか》も久六は入聟《むこ》なりしに夫婦《ふうふ》のあいさつよく。[1]二親に孝《かう》をつくせば身の程おもはれ此男をゝしみぬ。その冬も立春過て一とせちかくしれざれば。いよ〳〵死《し》んだにうたがひなく里を出て行わかれし日を命日《めいにち》に。それ〳〵の僧《そう》を供養《くやう》してのこりし物をまことの親《をや》もとにかへし。それが事《こと》は次第に[2]わするゝならひぞかし。かくて女もわかし此まゝに後家《ごけ》よしなし。世間《せけん》にある事なれば後夫《ごふ》もとめて親《をや》の心をたすけよと色〻にいさめけれども。中〳〵女は合点《がつてん》せずちか〴〵に髪《かみ》をもおろし。せめてはなき人のために香花《かうばな》の心ざしふかくうき世をふつと思ひ切しを。おの〳〵さま〴〵に申なぐさめ親へ[3]不《ふ》孝第《かうだい》一是非《ぜひ》と[4]至極《しごく》させてむりやりに又も入縁《いりゑん》を取組《くみ》。けふこそ吉日と祝言《しうげん》をさだめける男は。同じ浦《うら》の獵師《れうし》小礒《いそ》の木工《もく》兵衛といふ人。久六よりはよろづに生れまさりてふそくなし。二親《をや》のよろこび親類《しんるい》のいさみ。二たびの入聟《むこ》かゝる濱辺《はまべ》も袴着《はかまき》る事見習《なら》ひ。女はつげのさしぐし[5]献〻《こんく》の酒もりなかばにいづくも悋氣《りんき》はかはらずいぶせき板戸《いたど》に[6]礫《つぶて》うちかけおどろかす事幾《いく》たびかそれも夜ふけてしづま

(1) 仲よく。
(2) 忘れたが、それが世のならい。
(3) 不孝の第一。
(4) なっとくさせて。
(5) 婚礼の酒宴。
(6) 結婚の夜、その家に礫を打ちつける風習が昔あった。巻三の一の註を参照。

り。寝所《ね》に木枕《きまくら》ならべたがひにうちとけて。久六が事はおのづからわすれて。木工兵衛かはゆがり此時の氣にうちまかせける。此宿[1]《やど》のみな〱霄《よひ》の草臥《くたびれ》に明の日までゆるりと長寝《ね》して。戸ざしあけぬ所へ久六旅《たび》姿《すがた》して立歸り。案内《あんない》しつた皃《がほ》に立入久しくあはざる女ゆかしく寝所《ね》に行ば南窓《まど》より影[2]《かげ》うつりて見しに。しどけなき枕のさま髪《かみ》もむかしよりはうつくしく。此浦の美人《びじん》なるものをとすこし自慢《じまん》心して。添臥《そひぶし》に夢《ゆめ》おどろかせば女興[3]《けう》をさまして泣《なき》出せば。夜着《よぎ》の下より木工兵衛出て倒惑[4]《たうわく》。久六いなものになり是はとあらため[5]けるに段〻《だん〱》はじめ語るにぞ大かたならぬ不首尾[6]《ぶしゆび》因果[7]《いんぐわ》といふは是ぞかし。人も多《おほ》きにことさら木工兵衛は久六と年《ねん》月遺恨《げついこん》のやまざるものなれば悪《にく》しみつねより深《ふか》くありて久六分別《ふんべつ》して先舟吹《ふき》ながされ奥[8]《おく》の海に行し難儀《なんぎ》をかたり其後こゝろしづかに女をさしころし木工兵衛をうつて捨《すて》其刀にして其身もうせける鄙《ひな》びたるおとこの仕《し》業《わざ》には神妙《しんべう》なる取置[9]《おき》ぞかし

(1)家。

(2)外の光。

(3)愕然となって。

(4)ママ。当惑。

(5)詮議する。しらべる。

(6)手違い。不結果。

(7)宿命。

(8)奥州。

(9)処置。始末のつけ方。

人の花散疱瘡《ちるはうそう》の山

[1]懸崖嶮處捨生涯《けんがいけはしきところしやうがいをすつ》。暮鐘爲孰促歸家《ぼしやうたれがためにきかをもよふさん》。扇子《あふぎ》に空《むなし》く留《とゞ》む二[2]首《しゅ》の歌《うた》。白菊《ぎく》としのぶの里の人とはゞ思ひ入江の嶋とこたへよ。ときこえし鎌倉《かまくら》山。明《あけ》もやすらんと道急旅人《いそぐりよ》も爰の氣色《けしき》に立どまり其墓《つか》に哀《あわ》れを催《もよ》ふしぬ。都《すべ》て世の常《つね》なき様《さま》はよしあるものゝ名のみ殘りて幾人《いくたり》か消《きへ》。如《によ》[3]水沫泡焔《すいまつはうゑん》と御經《きやう》には説《とき》給ふことわり思ひつゞけて行ば。日蓮《れん》上人の土《つち》の籠《ろう》今は[4]妙久寺《めうきうじ》の庭《にわ》に形《かたち》ありて。[5]星降《ほしくだり》の梅枝經《ふ》りながらいと殊勝《しゆしやう》に。匂《にほ》ひ殊更《ことさら》に㒵《こと》なる花のながめ。櫻にまさりて人[6]の山を崩《くづ》しぬ。其中に色形《かたち》すぐれ此生《うま》れつき[7]鄙《ひな》の都《みやこ》は是なるべしと人の機《き》[8]をうばふ美《び》少年《しやうねん》。若黨《わかとう》二三人めしつれ嬋娟《せんけん》たる容色《ようしよく》見る者假初《ものかりそめ》にも悩《なづま》ざるはなかりき。爰に戸《と》塒専《くらせん》九郎といへる牢《らう》人も春の日[9]かりのわりなく。長閑《のどか》なる折からのうきたつ心に誘《さそ》はれ。其人なみに此所に立まじわり。寂前《さいぜん》より此若衆《わかしゆ》に意魂《こゝろだま》をう

(1)出典不詳。

(2)万治二年刊の「鎌倉物語」江島稚児が淵の条に、若宮別当僧正院の白菊という稚児を、建長寺の僧が恋したが、僧正への義理との板ばさみから白菊が「白菊としのぶの里の人とはゞおもひ入江の淵とこたへよ」と一首を残してこの淵に投身したので、彼の僧も「しら菊の花の情のふかきうみにともに入江の島ぞ嬉しき」と一首を残して投身したという話が見える。

(3)出典不詳。

(4)不詳。日蓮の土の籠については、「鎌倉物語」竜口寺の条にも「日蓮上人入給ひし籠あり」とある。

(5)不詳。

(6)人が群集した。

(7)諸国の国府の意であるが、ここでは鄙にまれな美少年の意につかう。

(8)心。発動せんとする心。

(9)ママ。光。日は変態がなであろう。

しながら跡《あと》を随《した》ひ歸るさの屋敷まで[1]着込《つけこみ》。あたりの家に立より此隣《となり》の門構《がま》へなるはいかなる御方と問《とへ》ば。あれは武藏《むさし》より渡《わた》らせ給ふ御隱《ごゐん》居《きよ》所にして。大谷右《たにむ》馬《ま》之助殿と申侍る。今よ所《そ》から[2]歸せ給ふは。其孫子《まご》左《さ》馬之丞殿にて此比[3]御見廻に上りての御逗留《とうりう》とつぶさに語《かた》るを聞届《とゞ》け我屋にかへり。猶《なを》し弥增《いやます》[4]恋の柵《しがらみ》泪川《なみだ》のふかくぞおもひこみ。[5]侘《わび》しうき住《すま》居《ゐ》のたちゐ苦《くる》しく憔《こがれ》ておくる日数《かず》の[6]とけしなく。傳手《つて》のたよりもなければ明暮これを案《あん》じわづらひしが。元より此専九郎子細ありて[7]身躰《しんだい》かせぐ身にもあらず。只獨《ひとり》の渡世《とせい》には髻結捻《もとゆひひね》り。甲斐《かひ》なき命を[8]つなぎて上手《じやうず》の名《な》を得しにある時。左馬之丞僕《ぼく》是を聞およびて買《かい》に來りたるを。それともしらず烟草《たばこ》など呑《のみ》て一つふたつ四方《よも》の咄《はなし》の次而《ついで》におもはず噂《うはさ》ありて。[9]渡《わた》りに舟便《ふなだより》を得て一命を抛《なげうつ》て頼みかゝれば。此男[10]なる程[11]それ躰《てい》のおもひならば[12]肝煎《きもいり》べしといふに嬉《うれ》しく。過し比よりのありさまを書つゞりおくりければ。左馬之丞見てまことに賤《いや》しきものとあれば[13]還而《かへつ》しほらしき心根感《こゝろねかん》じ入。返事してそれより深《ふか》き契約《けいやく》となりぬ左馬之丞故里《ふるさと》へは病氣《びやうき》

(1) 跡をつけて行き、はいった家をつきとめ。
(2) ママ。帰らせ。
(3) 見廻は「みまひ」。
(4) せかれていよいよ恋がつのること。「柵」、「川」、「ふかく」は縁語。
(5) 侘しきの「き」脱落か。
(6) もどかしく。待ちどおしく。
(7) 仕官の口を求める。
(8) 上の「髻結捻り」と縁語。
(9) 「渡りに舟」という諺に、そのまま「舟便」をつづけたことば。「舟便」は「舟の便宜」。
(10) いかにも。
(11) それほど。そのくらい。
(12) 「きもいりべし」ママ。
(13) かえって。

故當所《ゆへとうしよ》の谷〳〵《やつ》[1]の景《けい》を心ばらしに詠《なが》むるよしいひやり。専九郎に別《わかれ》を歎《なげく》のみ也かくて歳半《としなかば》たちて。左馬之丞例《れい》ならず煩《わづら》ひ四五日過て疱瘡面《はうそうおもて》に顯《あらは》れ。分《わけ》ておもかりしゆへ家來迄《けらいまで》氣遣《づか》ひ心地安《こゝちやす》からず。されども専九郎は右馬之助が前《まへ》を憚《はゞか》りて見廻ふ事心にまかせず。はや廿日に餘《あま》れば疱乾《いもかせ》[2]て湯《ゆ》かゝりしに。面《めん》を脱《ぬぎ》たる如《ごと》く其跡《あと》は菊石《みつちや》[3]大かたならず。つき〳〵の者まではじめの左馬之丞ともおぼへず。世にまたあるまじき器量《きりやう》忽變《たちまちへん》じて二目《ふた》とも見られず。自身《じしん》も心もとなきにや鏡《かゞみ》にむかへばしらぬ不若《ぶわか》[4]衆《しゆ》かとおもはれ。此㒵《かほ》してふたゝび専九郎に逢《あふ》事のはづかしく。武州《ぶしう》[5]木《こ》挽《びき》弥《ね》宜《ぎ》町へ人を遣《つかは》し我に似《に》たる者あらば尋《たづ》ねつれだちて來るべしといひやれば。金《かね》次第にて取違《ちが》へる程の美少《びしやう》を上《のぼ》しけるを呼付《よびつけ》て。其方は専九郎殿に行て何成共似《に》合敷《あはしき》用を聞。よく奉公すべしとつかはすに専九郎露《つゆ》程も是に心をかけず。たゞ此三十日のあいだの對面《たいめん》なき恋《こひ》しさのみ胸《むね》にせまり。幾《いく》たび此[6]ものを見まわすれどもつき戻《もど》し。今一度《ど》逢《あふ》て思ひをはれ度《たき》とばかりいひしに。左馬之丞扨は道《みち》[7]たてたる男我《わが》今の容《かたち》を見給はゞ

(1)鎌倉は多くの谷々より成り、地名も何々が谷という。

(2)疱瘡がなおつて瘡蓋が乾くと、酒(さゝ)湯といって米のとぎ水をわかした湯に酒を加えて掛かった。

(3)瘡のあとのあばた。

(4)不器量な少年。

(5)ともに江戸の芝居町。木挽町の芝居小屋は寛永十九年免許。ただ禰宜町は、中村座が中橋から移された寛永九年から堺町に移される慶安四年まで在ったその禰宜町をさしているのでなく、引越した先の堺町の別名か旧名かのように、西鶴は用いているらしい。巻四の一の用法を見ると、そのように思われる。本文の「弥」は「袮」が正しい、なお、劇場としては、堺町中村座(隣の葺屋町市村座)、木挽町山村座、森田座が考えられる。(この四座は明暦大火後、その復興を許された)。

(6)つれて来た美少年。

(7)衆道。男色の道。

年比《としごろ》の執心《しうしん》もさむべし。されどもそれ程に思ひ沈《しづ》まれなば逢《あふ》べしと。ひそかに屋敷に呼《よび》て此ありさまを見するに。専九郎涙《なみだ》をながしかくも姿《すがた》のかはるものか。夫《それ》ゆへ色ある者を我にめしつかへとの心ざし。なを〳〵恋[1]まさりて。みづからも皃《かほ》に疵《きず》をつけ態《わざと》身を無器量《ぶきりやう》に持《もち》さげ弥〻深《ふか》きかたらひ。かゝる衆《しゆ》道の骨髄《こつずい》むかしよりあるまじき心底《しんてい》と。皆〻《みな〳〵》感《かん》じぬるもことはりぞかし。此事[2]過し年の春よりの取むすびと。扇が谷《やつ》の竹下折《したおり》右備門といへる男のつぶさにかたるを聞捨《きゝずて》にして出ぬ

(1)左馬之丞に対する恋。
(2)去年の春からの結ばれた契り。

懐硯巻二

後家《ごけ》に成ぞこなひ

越前《ゑちぜん》の國《くに》[1]永平寺《ゑいへいじ》は。[2]後深草 院《ごふかくさのいん》建長年中《けんちやうねん》に建立《こんりう》ありて。今に[3]法音《はうをん》たえず[4]其流派《ながれは》をわかちて久しく。山は世塵《せぢん》の[5]遠《とをざか》りいと殊勝《しゆしやう》に。[6]開山道元禪師《かいざんだうげんぜんじ》の御影拜《みゑいおが》みめぐりて下向《げかう》すれば。こゝは[7]府中《ふちう》の里《さと》[8]越《こし》の海道《かいどう》には家居《ゐ》勝《すぐ》れて。椽《たるき》をみがき軒《のき》をならべ煙寛《けふりゆたか》なる町づくり目だちけるに。[9]人宿《やど》の女袖にすがり日ははや[10]七つに[11]さがると引込《こみ》けるに。いづこも一夜《よ》の假《かり》まくら旅《たび》の寢覺《ねざめ》の淋《さび》しく。[12]明日《あす》の夕《ゆふべ》の里《さと》までの事[13]命《いのち》はしれぬ行末《ゆくすゑ》おもひつゞけてあかしかねたるに。あるじの物がたるをきけば。此所分銅《ふんどう》町[14]曾根藁《そねわら》屋甚九郎とて。はじめは裏棚《うらだな》かりて草履《ざうり》をつくり[15]鍋《なべ》取賣など。誰《たれ》しらざるものなしされども其身一代にかせぎ出《いだ》し。俄分限《にわかぶんげん》となり今は三ケ所《しよ》の家屋敷藏肩《くらかた》をならぶるものなく。其弟甚《おとゝぢん》助甚七も幼少《ようしやう》より國里隔《さとへだ》て賣《うら》れけるを。呼返《よびかへ》し。手代分に家を治《おさ》め日にまして榮行末《さかゆくすへ》の賴母子《たのもし》かりしに。

(1)福井県にある曹洞宗の総本山

(2)正しくは寛元二年草創であるが、西鶴当時の書物には、建長五年建立としたものがある。なお「後深草院」は「後深草院の」(「の」は連体修飾格助詞)の意味である。

(3)宗旨の続いているのを読経の声であらわす。

(4)道元にはじまる曹洞宗は、永平寺、総持寺の二派に分かれ、さらに総持寺第二世峨山紹碩禅師の五弟子により五派に分かれる。

(5)上のN音に影響されて、「を」が「の」となった。

(6)曹洞宗の開祖、永平寺の開山。建長五年寂。

(7)福井県武生市。本田氏の旧城下。「府中の里」で文に休止をおく。

(8)北陸海道。

(9)旅人宿。

(10)午後四時ごろ。

(11)下る。すぎる。まわる。

(12)明日の夕泊る里までの事や。明日の旅程や。

(13)どこの旅路で果てるやら分からぬ身の行末を。

(14)「曾根」まで地名か。

(15)つるのない鍋や釜を取りはずす道具。藁で作る。

[1]さしつぎの弟《おとゝ》[2]甚介兄《あに》にかはりて万しどなく[3]。商賣《しやうばい》そこ〳〵になしてしかも色好《いろごの》みなるより。商《あきない》事にかこつけ[4]三國《みくに》の湊《みなと》へ通《かよ》ひ初《そめ》。二度《ど》[5]の節季《せつき》の帳《ちやう》まへたび毎《ごと》に[6]三五の十八ばらりと違《ちがひ》て次第ましの不足《ふそく》。積《つも》れば大《おふ》きに虚《あく》ところありて。甚九郎もたび〳〵异見《いけん》するにきゝ入れず。はや彼所《かの》初《はつ》川《かは》といへるを請出《うけだ》すにきはまりしと。脇《わき》より是を告《つげ》しらせたるにたまりかねて。[7]内證勘當《ないしやうかんどう》して追《をひ》出しければ。外に彳亍《たゝずむ》かたもなく哀《あわれ》にさまよひ歩行《ありき》しを。母の不便《ふびん》まさり甚九郎が目を忍《しの》びて死《し》なぬ程のみつぎして。同じ所の側《かたはら》に裏棚《うらだな》からせて置《おき》ぬ。かくて年月かさなりある時甚九郎つれ〴〵なる雨《あめ》の日淋《さび》しく。日比將棊好《しやうぎずき》にてむつかしきつめ[8]ものの圖《づ》を案《あん》じける程に。[9]朝《あさ》の四つより七つ半まで詠《なが》め入。さても今合點《がつてん》が往《い》たこれでつむものをと。吐息《といき》つきながらうめきける音《をと》したるに。何事と女房《ばう》かけ付て見れば。はや目を見つめて寒汗瀧《ひへあせたき》のごとく。[10]南無三宝《ばう》といふ聲《こゑ》におどろき母甚七も下《した》〴〵もこれは〳〵とばかりに醫者《いしや》呼《よび》にやりて口をひらかすれどもひらかず。鍼立血《はりたてち》をとりても出《いで》ず。[11]一握灸《にぎりきう》すへても音《をと》なく。

(1)次弟。
(2)介は助と通用。
(3)しどけなく。だらしなく。
(4)福井県の九頭竜川の河口港。遊女町があった。
(5)盆と大晦日の収支決算をするごとに。「帳まへ云々」は「帳簿を締める時至るごとに」の意であろう。
(6)目算のはずれること。
(7)正式の勘当は町役人の手をへて奉行所へ訴え、勘当帳に記載する。その手続きをへない非公式の勘当。
(8)詰将棋。
(9)午前十時頃から午後五時頃まで。
(10)女房の叫声である。
(11)一にぎりの大きな灸。

終《つい》に息絶《いきたへ》てもろきは人の命《いのち》。これはいかな事といふたばかり。おの〳〵あきれはて老母《らうぼ》のなげきひとかたならず。女房も四年のなじみなれども子の一人《ひとり》もなく。まづ近所《きんじよ》の[1]同行《どうぎやう》四五人かけあつまり是非《ぜひ》なきうき世の中一たびは我も人もかうなるにさだまり事。なげきてかへらぬに念仏《ねんぶつ》の一聲《こゑ》がもはや此上の爲《ため》なりと。老母《らうぼ》内義をなぐさめまづかた[2]脇《わき》に押《をし》よせ。屏風《びやうぶ》引まはし燈《ともしび》をあげ寺へ人をやれば〟坊主《ばうず》きたりて[3]幡《はた》天蓋《がい》の書付《かき》。諸行無常《しよぎやうじやう》の一筆《ふで》。[4]六道《どう》の蠟燭《らうそく》立を削《けづ》る。[5]沐浴《もくよく》の湯《ゆ》の下焼《たき》付る。下女《げじよ》は涙《なみだ》かた手に[6]團子《だんご》の磨《うす》を引《ひき》。[7]久三郎は[8]野《の》草鞋《わらんぢ》の鼻緒《はなを》をすげる。[9]脇指《わきざし》に紙《かみ》を卷《まき》。[10]中通《どを》りの女は經帷子《きやうかたびら》を縫《ぬふ》など。[11]尻《しり》もむすばぬ糸《いと》。あわれにしづまりかへりし所に。甚助周章敷《あはたゝしく》。子《こ》の甚太郎七才になれるに[12]戻子《もじ》の肩衣《かたぎぬ》に裏付袴《うらつけばかま》の大きなるを。胸高《むなだか》に着《き》せ自身横《みづからよこ》に抱《だき》て。微塵《みぢん》も[13]氣《き》の毒《どく》なる皃《かほ》はなく。座敷の眞中《まん》に甚太郎をおろし置《おき》。[14]今宵《こよひ》の位牌《いはゐ》を持《もつ》てからは。此家屋敷をばみな[15]我が取程に嬉《うれ》しうおもへと。[16]しかりつべしき皃《かほ》してあたりをきつと見まわしける所に。其弟甚七涙押拭《なみだをしのごひ》て進《すゝ》み出《いで》。さても太《ふと》ひ人こなた

(1)同宗旨の仲間。
(2)甚九郎の死骸を。
(3)仏前にかける幡と高座や柩に掲げる天蓋に、南無阿弥陀仏・諸行無常などと書付ける。
(4)死者がおもむく六道の辻を照らす蝋燭立。葬場に立てるもの。
(5)湯灌。
(6)新仏の供え物。
(7)下男の通称。
(8)野辺送りにはくわらじ（帰りは脱ぎ捨てて来る）。
(9)忌の表示に柄を白紙で巻く。
(10)仲居女。腰元と下女の中間に位する。
(11)しめくくりのないことをいう諺。経帷子の糸の尻をとめないで縫うのに掛ける。
(12)綟は麻糸で目を粗く織った布。
(13)今日と同義の「気の毒」。
(14)葬式の時、死者の位牌は家督相続人が持つ。
(15)第二人称。
(16)「しかつべらしき」か。

はいつ勘當《かんどう》ゆるされてきたり給ぞ兄《あに》じや人死《し》なれたとても。[1]すぢめなき事はなるまじ。我かくて有からは此[2]跡識《あとしき》を誰《たれ》かとらん。是非《ぜひ》ほしくは死《し》人《にん》と中直《なを》りしてからの事といへば。甚助眼《まなこ》を見出し其方はしるまじ。過し七日の夜竊《ひそか》に甚九郎殿きたり給ひ。今までの勘當《かんどう》は公儀《こうぎ》へ訴《うつた》へたるにもあらず。されども[3]一端町《いつぱしてう》の[4]宿老《しゆくらう》へことはりたれば。十年のうちはおもてむき行來《ゆきゝ》なき分にもてなせ。もし明日《あす》が日死《し》んでも子《こ》はなし甚太郎は甥子《をひこ》なれば。おれが跡《あと》をやるべしと。頭摩《つふりなで》られかた〴〵の約束。[5]さうなきとて[6]兄親《あにおや》かたに理窟《りくつ》だて。はや敦賀《つるが》にうられ[7]筒落米《つゝをごめ》ひらいし事を忘《わす》れたかと[8]延《のび》あがりて氣色《きしよく》するを。女房《ばう》この有さまを見て奥《おく》にはしり込《こみ》。衣《い》類《るい》手道具何やかや心にかゝるほしゐもの。どさくさ紛《まぎ》れに取[9]集《あつめ》め。嫁入《よめいりの》時の長持《もち》に押込錠《をしこみでう》ぴんとおろして。何の氣《け》もない㒵《かほ》して姑《しうとめ》の見る前《まへ》にて。髪《かみ》くる〳〵と束《つか》ねて切かくるを。老母《らうぼ》押《をし》とゞめ其方が心底《しんてい》もつともなれども。いまだわかき身なれば我分別《ふんべつ》ありまち給へといふをふりはなし。もはやわたくしの[10]髪《かみ》の入御《いるご》分別《ふんべつ》はふつ〳〵いやでございますと。無《む》

(1)筋のとおらないこと。
(2)家督。遺産。
(3)一応。
(4)町役人。町内の年寄役。
(5)そうでないとしても。
(6)親代りの兄に対して。
(7)米の品質を、米刺しで俵から抜取検査する時に落ちこぼれる米。
(8)威丈高になって、気色ばむ。
(9)「あつめめ」ママ。
(10)再婚のための御配慮。

理《り》にはさみ切てなげ出す。甚介甚七はたがひに大聲《ごゑ》あげて。顔《つら》をはり逢《おふ》ばかりに立さはぐを。同行中《どうぎやうちう》[1]取さへまづしづまり給へ。此穿《せん》さくはあとにてもなる事死人《しにん》には手もかけず[2]野《の》送《おく》りの衆《しゆう》も宵《よひ》からつめかけてきかるゝ外聞《ぐわいぶん》も宜《よろ》しからずと。老母《らうぼ》もろともになだめけれども。甚介これをきゝ入ず。なんのむつかしき事はなし今宵《こよひ》の位牌《いはゐ》を誰《たれ》なりとも指《ゆび》でもさしたるものは相手《あいて》にいたすと。脇指《わきざし》ひねくりまはす。甚《ぢん》七は[3]成程《なるほど》おれがもつて見せんと。問答《もんどう》はてざるに同行《どうぎやう》[4]も扱《あつか》ひ草臥《くたびれ》。とかく我〳〵は日比《ごろ》の好《よしみ》にまづ沐浴《もくよく》をして仕舞《しまふ》べしと舁出《かきいだ》し。頭《かしら》に湯《ゆ》を一杓《しやく》かけると吽《うん》といふ聲とともに[5]息《いき》出で。やれ蘇生《よみがへり》たるはと水を口に洒《そゝ》ぐと。甚九郎目をひらき扨も[6]氣《き》がつきたやら永《なが》ゝくとしたる夢《ゆめ》見たりと前後《ぜんご》見まはせば。大勢《ぜい》たちさはぐこれは何事ぞと段ゝ《だんぐ》聞て肝《きも》を潰《つぶ》し。先《まづ》其甚助めはどこに居《ゐ》るといふ聲《こゑ》におどろきはや僞《いつわり》の顕《あらは》るゝかと。甚太郎を倒《さかさま》に懐《だき》て迯出《にげ》ける。さて腰《こし》を探《さぐ》りて見れば金藏《かねぐら》の鑰《かぎ》なし。これは誰《たれ》が取《とり》たるといへば。甚七私《わたくし》が取て置《おき》たると懐《ふところ》より出すに。汝《なんぢ》まことの志《こゝろざし》あらば。母には何

(1)中に仲裁して入り。
(2)とむらいの供をするために集まった町内の人々。
(3)たしかに。いかにも。
(4)仲裁しくたびれ。
(5)息をふきかえして。
(6)根をつめすぎてがっかりしたのか。

として渡《わた》さゞるぞ。其心底《しんてい》より此愁《うれい》を顧《かへりみ》ず跡識《あとしき》の[1]欲論《よくろん》せし悪人《あくにん》め[2]向後《けうこう》勘當《かんだう》と扣《たゝき》出せば。[3]あやまる道理《どうり》にせめられて一言《ごん》の返答《へんとう》もなく立出る。次に[4]掛硯《かけすゞり》は誰《たれ》が[5]なをせしといふに老母《らうぼ》をはじめしりたるものなし。よし〲[6]鐵火《てつくわ》を握《にぎ》らせて穿鑿《せんさく》すべしといふ時。女房赤面《にょばうせきめん》して聲《こゑ》をふるはし。それはわたくしが長持《もち》にとしほ〲と取出す。其外目にたゝざる似合《にあはし》からぬ物を。ひとつ〲取出すに。[7]狂惑《わうわく》なる心底《しんてい》いはずしてあらはれ。勿論《もちろん》[8]剃髪《ていはつ》の心ざしより卽座《そくざ》に[9]髻《もとゆひ》払《はら》ひたる様《さま》の潔《いさぎ》よきには似合《にあは》ざる[10]仕形《しかた》。さり迚《とて》は水臭《くさ》き心根《こゝろね》行《ゆく》末思ひやられぬ[11]。是までの縁《ゑん》なるべしと。おつとは此世にありながら後家姿《ごけすがた》となりて直《すぐ》に親里《をやざと》へおくられける。みな是欲心《よくしん》より起《おこ》りて[12]慚愧《ざんぎ》はなはだしく熟《つくぐ》觀《くわん》ずれば既《すで》に財宝《ざいほう》も[13]黄泉《くわうせん》の旅《たび》の糧《かて》にならず。今より死《し》したる心になりて。有銀《ありぎん》三百貫目[14]祠堂銀《しだうがね》に入《いれ》て[15]常念仏《じやうねんぶつ》を執建《とりたて》。老母《らうぼ》もろともに後《のち》の世のねがひ。[16]本來《ほんらい》の都《みやこ》に[17]かへる山のほとりに庵《いほり》をむすびて行《おこな》ひすましける

(1)よくばり喧嘩。
(2)今後。
(3)道理にはずれていた自分の行為に責められて。
(4)掛子のある硯箱。下のひき出した小銭など入れる。
(5)「なをす」は「片づける」。
(6)罪の虚実を試すために赤熱した鉄を握らせること。
(7)道義にはずれたこと。「枉惑」とも書く。
(8)尼になる覚悟。
(9)もとどりを切る。
(10)仕方。
(11)「完了」の助動詞。
(12)各人ともひどく恥じ入ったことであるが。
(13)あの世への旅の費用。
(14)祠堂は先祖の霊をまつる所。代々の先祖の供養をしてもらうために、菩提寺に奉納する銀。
(15)常時供養の念仏を唱えてもらうように取りはからい。
(16)極楽浄土
(17)「帰する」の意味と、越前の国の歌枕「かへる山」とダブらして表現した。

付《つけ》たき物は命《いのち》に[1]浮桶《うけおけ》

[2]神《かみ》風や住吉《すみよし》の浦《うら》しづかに[3]攝泉《せつせん》の堺《さかい》。爰《こゝ》も[4]都《みやこ》めきたる柳櫻《やなぎさくら》町。錦《にしき》の町の夕日影《かげ》西に傾《かたふ》き。鳴門《なると》の浪《なみ》に立さはぎにし村鳥雲《むらとりくも》に霞《かすみ》に[5]見わたせば。蜑《あま》の磯《いそ》屋の立ならび。[6]煙《けふり》が嶋《しま》も[7]ほのかに[8]淡路《あはじ》の繪嶋《ゑじま》を出舟《いでぶね》[9]武庫《むこ》山風の心よく。[10]和田《わだ》の笠《かさ》松もむら雨の跡《あと》[11]おもはれて。ほとゝぎすの[12]初嶋《しま》なども[13]詠《ながめ》の浦《うら》。[14]難波《なには》の三つ四つ五つ忘貝拾《わすれがいひろ》ふなる。[15]手近《ちか》に[16]細江《ほそえ》の藻《も》に埋《うも》れ木の干潟《ひがた》にあらはれ。玉なす濱《はま》つゞきに一《ひと》つの嶋《しま》あり。殊更《ことさら》におもしろく民家《みんか》の軒《のき》は[17]雪《ゆき》の末明《あけ》を奪《ママ》ひ。松の若木《わかき》のうちにわずかなる宮井《みやゐ》有しは[18]ゑびす嶋とかや。そのかみ寛文《くわんぶん》八年神無《かみな》月十日の夜雨風はげしく。雹扉《あられとぼそ》をひゞかし。しかも暖《あたゝか》なる事夏《なつ》のごとし。其翌《よく》日見れば夜のうちに。此嶋出《しましゆつ》現《げん》せり。また同じ霜月に灵龜《れいき》あがりて万代《よろづよ》の例《ためし》を祝《いは》ひ初《そめ》て。人家《じんか》多《おほ》き中にも。蓬萊《ほうらい》屋福《ふく》右衛門とて廻船《くわいせん》餘多《あまた》[19]長崎商《さきあきない》の[20]出來分限《できぶげん》。度ゝ《たび〳〵》利潤《りじゆん》あ

(1)「うき」としての空樽。
(2)伊勢の枕詞を転用し、ここでは海上の守護神住吉明神の神威を利かせている。
(3)摂津と和泉の国境である堺。
(4)「古今集」「見渡せば柳桜をこきまぜて都ぞ春の錦なりける」による。「都」、「柳」、「桜」、「錦」が縁語。桜町、錦の町、柳の町は、堺の北端に近い町名である。
(5)「消えてゆくのを見、見渡せば」と下に続いてゆく。
(6)不詳。「煙が立っている」の意味で、上の句に続ける働きもある。
(7)「ほのかにみえる。」と文を切って考えたい。
(8)巻一の四で触れた絵島で、歌枕である。道順としては、巻一の四につゞくことを示す。
(9)今日の六甲山。
(10)神戸港の南角をなす和田岬の笠の形をした松。
(11)あとに「緑あざやかに」と補う。
(12)一目玉鉾に「浦の初島」とみえる。尼が崎にある。「初音の聞える初島」の意。
(13)景色よき海辺である。
(14)難波の三津の浦で、「三つ四つ五つ忘れ貝を拾ったことだ。なお、「夫木集」に「忘れ貝拾ふばかりに住吉のうらみてわたるほどは経にけり」がある。
(15)「拾う手」と「住吉の手近」を掛ける。
(16)細江の藻に埋もれていた埋れ木が干潟にあらわれるごとく、美しい浜つづきにあらわれた一つの島がある。
(17)民家の白壁が雪の曙よりも白く。
(18)堺の西部。島といっても半島である。下文に寛文八年とあるが、実は寛文四年八月八日生じた。その十一月に上がって死んだ霊亀を弁天として葬り、十二月には海中より夷（えびす）の石像を得て宮に祭り、またそれを島名とした。
(19)長崎に船載された中国人やオランダ人の貨物を買い入れ、国内に転売する商売。
(20)俄成金。

りて此般《たび》また新艘《しんざう》の舟出《ふなで》。[1]日次《なみ》しづかなるに男女取乗《のり》ての酒宴《しゆゑん》[2]てまづさへぎる卮《さかづさ》に千代《ちよ》をかさね。[3]住吉《すみよし》の松太夫は白幣《はくへい》をかざし。[4]舟魂《ふなだま》をいさめ。[5]漁《れう》きかせの大藏坊《だいざうばう》は錫杖《しやくぢやう》を振《ふり》たて。此仕合丸《しあわせまる》[6]上下《じやうげ》の順風《じゆんぷう》おもふまゝに御家《おいゑ》の榮《さかへ》。千秋萬歳《せんしうばんぜい》。金銀《きんぐ》は蓬萊《ほうらい》屋所繁昌《はんじやう》とうやまつて申はらひきよめ奉ると。よひ事揃《ぞろへ》をいひたてける。扨水主《かこ》楫取《かんどり》も目出度今日《けふ》の酒もりと[7]順《じゆん》の舞《まい》の藝盡《げいづく》しおもしろく暫《しばら》く簾《すだれ》かけし[8]片《かた》見世に腰《こし》かけて詠《なが》めしに金筥《かねばこ》に縮付《くゝりつけ》し物は何ぞと問《とへ》ば。主《あるじ》の翁《おきな》あれは浮木《うけ》といひてもし船破損《はそん》の時金《かね》は重《おも》きゆへに沈《しづ》みけるも此浮木《うけ》を見て。[9]捨《すて》ずといふに。其時節《じせつ》ならば乗《のる》もの生《いき》ん事かたし。命の浮木《うけ》はとはれて返答《へんとう》につまり。御法師《ごはうし》はそれを御存知《ごぞんぢ》かといへば。[10]金銀《きんぐ》は世におほし舟に積《つむ》べし。命はふたつなし徒行《かち》にて長崎《さき》へ行《ゆく》べし。今の世の人心同じ風味《ふうみ》なる[11]藻魚《もうを》を喰《くは》ず危《あやう》き鰒《ふぐ》を食《くら》ふ此嶋一夜《や》に現《げん》ず。物に始《はじめ》あり終《おわり》あり。一夜に滅《めつ》すべきものにあらずや[12]君子《くんし》は危《あやう》きに居《を》らずすみやかに[13]爰《こゝ》をさりて南《みなみ》の端《はし》に留《とま》るべし

(1) 日がら。
(2) 手先づ遮る。自分の前に来た盃をまずとめて呑む。「和漢朗詠集」や謡曲に見える句。
(3) 船霊である住吉神社の神主松太夫。
(4) 船の守護神。ここでは住吉の神。「いさめ」は「神意を慰め」。
(5) 海上の安否、漁の良不良を予めおうかがい申させるための家出入の山伏。
(6) ゆきかえり。
(7) 多人数が順に舞うこと。
(8) 見世の片端で、本業の外、内職的に別の商売するのをいうが、ここではただ見世の片端での意であろう。
(9) 捨てないですむ。
(10) いうので、次のように答えた。
(11) 赤魚(あこ)の小さいもの。「永代蔵」三の四にも藻魚のことをいっている。
(12) 「君子危きに近寄らず」とも。
(13) 半島から、もともとの陸地の部分に行けの意。

比《び》丘《く》尼《に》に無用《よう》の長刀《なぎなた》

行ば筑《ちく》後の國《くに》。こゝも假寝《かりね》の[1]一夜川をわたるや何の夢路《ゆめぢ》なるらん。[2]高良《かうら》山のほとり岩根道《いわねみち》をのぼるに左《ひだり》のかたの玉笹《ざゝ》のうちに。むすびて間《ま》もなき庵《いほり》に年の程廿に二つ三つあまれる比丘尼の阿弥陀經讀誦《きやうどくじゆ》して聞に殊勝《しゆしやう》さまさり。さながら[3]二上山《ふたかみ》をこゝにうつし。中將姫《じやうひめ》の面影《おもかげ》思ひ出らるゝ。朝《あさ》日さしうつりて竹の組戸《あみど》より眈《のぞき》しに。仏壇《ぶつだん》のかたかげに[4]梨地《なしぢ》の常紋《じやうもん》きよらなる長刀一振《ふり》[5]ことがましく立《たて》けるは。佛の利劔《りけん》にもあらず。[6]行《おこなひ》すませる心ざしとは各別《かくべつ》なり子細《さい》を其人に問《とふ》べくも勤《ごん》行の障《さわり》となれば。竊《ひそか》にこゝを立さり苔地《こけぢ》の葛《くづ》かづらなど踏分《ふみわけ》里の屋に入ば[7]主《あるじ》がましき野夫《や》の[8]裂織《さきをり》といへる袖の侘《わび》しく。山刀をさして眞《ま》柴手束《しばつかね》て。湊《みなと》の方に出て渡世《と》すと見えて。若牛《うし》に鞍《くら》置童《どう》子鼻綱《はなづな》を携《たづさへ》。[9]破籠《わりご》ようのものに篠《しの》の折箸《をりばし》。粟飯《あはいひ》もたのしみと見えて女は門《かど》おくりして。仕合の歸りをまつといふ其

(1) ひとよ川。筑後川のこと。「其ままに後の世もしらず一夜川渡るや何の夢路なるらん」と「名所方角抄」や「一目玉鉾」にもみえる。
(2) 福岡県三井郡の南部にある山。中腹に高良神社がある。
(3) 奈良県北葛城郡当麻村にある二上山。当麻村の当麻寺は中将姫で名高い。
(4) 梨子地塗りの鞘に定紋がつけられてある。
(5) ぎょうさんに。ことごとしく。
(6) 尼に似合わしくない道具である。
(7) 主人らしい百姓の。
(8) 古布、古絹をほそく裂いて緯糸として織り込んだ粗末な織物。
(9) 白木の折箱で、内部にしきりを設け、かぶせ蓋にした弁当箱。

聲のふつゝかなるも。彼男の耳《みゝ》には[1]いかゞきくらん。かゝる縁《ゑん》にひかれて田舎《いなか》も住よかるべしと。心の程おもひやられ此柴《しば》男に寐前《さいぜん》の[2]あらましをたづねけれは。我しり良に語《かたり》にける。當國《とうごく》の城下《じやうか》に村《むら》井弥七右衛門とて。[3]弓大将役《しやうやく》を勤《つと》めて年《とし》久しく其子《し》息《そく》源内はいまだ[4]部屋《へ》住《ずみ》なりしが。奥《おく》に召《めし》つかひの腰《こし》もと蘭《らん》といへる女色香《か》しなかたち。下《した》〴〵には殊更《ことさら》にすぐれてかはゆらしく。乳母《おち》なるものに此下《した》心を私語《さゝや》き大旦那《あふだんな》の[5]泊番《とまりばん》の夜《よ》。お袋《ふくろ》さまの[6]宵《よひ》まどひの時。ひそかに乳母《おち》が手引してお部屋《へ》に忍《しの》ばせしより。[7]恋《こひ》わたる橋《はし》となりて。むすびし水の心とけ。もらぬ契《ちぎり》とはしれぬ。月日は[8]ながれて早《はや》きならひ。あくる春《はる》になりさだめの通《とおり》[9]出《で》かわり。人しらぬおもひを誰《たれ》か[10]柵《しがらみ》となつて。此別《わか》れをかとゞめん。程なく去年《こぞ》の今日《けふ》にあたり御暇《いとま》給はりけるを。竊《ひそか》に手《て》便《だて》をめぐらし同所《どうしよ》の町はづれに裏棚《うらだな》かりて。しのびて行通《ゆきかよ》ふ互《たがひ》のこゝろ浅《あさ》からず。奥《ふか》くつゝむにあまる浮《うき》名《な》たつて。それより親《おや》里小野《おの》村《むら》といふ所に。あづけ置。夜毎《よごと》に行歸《かへ》るは。[11]おもひ深草《ふかくさ》の何某《なにがし》より通路《かよひぢ》[12]しげき松原。未明《あけぼの》の鐘《かね》を聞て悴起《つらくおき》わかれ。鶏《とり》

(1)天人かなにかの、妙なる声のように聞えることだろうの意。
(2)一部始終。
(3)弓大将は弓頭(がしら)ともいい、弓足軽を統率する者。その役である。
(4)まだ親がかりの身分。
(5)城の宿直。
(6)宵の口からねむたがること。
(7)それが恋の橋渡しとなって、胸中の欝懐もとけ、水ももらさぬ仲になったと推察された。「むすびし」、「水」、「とけ」、「もらぬ」は縁語。
(8)「古今集」「昨日といひ今日と暮して飛鳥川流れて早き月日なりけり」。
(9)奉公人の入れ替り。はじめは二月二日・八月二日であったが、寛文九年から三月五日・九月五日と、日が改められた。
(10)菅原道具の「流れゆくわれは水屑となりはてぬ君しがらみとなりてとどめよ」をふむか。
(11)「思ひ深し」と「深草」の掛ことば。上に小野村とあるので、深草の少将を持って来た。彼は小野小町のもとに百日通ひ続けようとして、果さず死んだと伝えられる。「かよい方が頻繁」と、「松の木が繁る」とをダブらせる。
(12)「しげき」は上下にかかる。

なき里もがなと。つきぬ契《ちぎり》から世を恨《うら》みて今宵《こよひ》もまた谷《くるゝ》を待《まち》て急《いそぎ》ぬ。こゝに其比のあばれ組《ぐみ》。家中《かちう》の[1]二番生《ばんばへ》。天田《あまた》新《しん》七。小須《こす》万《まん》七。水橋岩《はしいは》右衞門[2]類を引友《とも》七八人。此松かげの下道《みち》に村立《だち》月うすぐらき夕《ゆふべ》〱は。行來《ゆきゝ》の律義《りちぎ》男をとゞめて嬲殺《なぶりころ》す。此なぐさみ何の樂《たのしみ》にもかへじと。つぶやく所に。源内何《なに》心なく通《とを》るに人聲《ごゑ》するより。さすが[3]忍《しの》び路《ぢ》のけはひからだをすくめて行を。此者《もの》共見て可惜《おかしき》男の體振《なりふり》。仰山《ぎやうさん》こち共を怖《こは》がるさうな。いざ[4]揚《あげ》て墮《おと》して一笑《わらひ》と。一度《ど》に左右《さう》より[5]混々《ひたく》と寄累《よりかさな》り。何の苦《く》もなく採《とつ》て抛倒《なげたを》せば。[6]弓矢《や》八幡《まん》と刀《かたな》に手をかけしを見て。抜《ぬかせ》ては面白からず手を働《はた》らかすなといふに。また六七人[7]とりかゝつて後手《うしろ》に絔揚《くゝりあげ》。大小背《せな》中に戻《おは》せて杖《つへ》をもつて敲立《たゝき》。此罪《ざい》人いそげ〱と大勢後《ぜいうしろ》より囃《はやし》たてたる時の無念直《むねんすぐ》に消《きへ》たき思ひ。[8]たとへがたなく。せめてあの月に[9]かゝる雲ばなれはやくは。壱人なりとも顔《つら》見しつて後《ご》日の遺恨《いこん》はるべきものと。男泣《なき》。此姿《すがた》にて女のかたへ行も耻《はづか》し。屋敷《しき》へは猶歸《かへ》りがたし。是なる渕《ふち》に身を沈《しづ》むべしとは思ひきわめながら。また屍《かばね》の耻辱雪《ちぢよくすゝ》ぎがたし。扨も是

(1)次男坊。
(2)類をもって集る。
(3)恋路の人目をさけようとする気持で。
(4)胴上げをして。
(5)しゃにむに。ひたすらに。
(6)「武士の守護神八幡にかけても、断じて」という意の誓言。
(7)ママ、とりかゝつて。複製本には濁点がないようである。
(8)たとえがたく。
(9)かかる雲の雲ばなれが。

非《ひ》なき次第。[1]侍冥加《さふらいみやうが》に盡果《つきはて》たりはや今鳴《なり》しは八つ[2]鐘《がね》。とても爰《こゝ》にながらへて彳亍詮《たゝずみせん》なしと。梦《ゆめ》にたどる心して悲《かな》しくも。彼《かの》女の編《あみ》戸に歩運《はこび》きたり足《あし》にて[3]をとづれけるに。女ははや待侘《まちわび》いつもの刻限《こくげん》にもきたり給《たま》はず。いかなる勤《つとめ》の障《さわり》かありて今霄《こよひ》は独丸寝《ひとりまるね》の用意《ようい》して燈《ともしび》を[4]しめし。[5]夕《ゆふべ》にかわりて物さびしく。それかれ思ひやる枕《まくら》に夢《ゆめ》もむすばず帯《おび》とかず。[6]袖垣《そでがき》のそよふく風に[7]おどろかされて腸《はらわた》をたつ時。此音《をと》にとりあへず立出何心なく伴《ともな》ひ入。㝡早《もはや》御出なきかと存《ぞんじ》たるにと。まづ火をたてゝ見ればこれはいかなる御姿《すがた》とあきれはてしに。源内さしうつぶき。口惜《をし》とばかりいひて涙《なみだ》をはら〳〵とながせば。女も何か[8]はしらず浅《あさ》ましき御ありさま。たとへいかなる鬼神《おにがみ》にても御前様《まへさま》をそのごとく致《いた》すべきものはおぼえずと[9]潸然《なみだぐむ》に。[10]段ゝ力《だん〳〵ちから》におよばざる[11]仕合《しあはせ》かたれば。それは[12]是非《ぜひ》所誰《たれ》か見しるべき。かならず無念《むねん》におぼしめさるなとさま〴〵[13]諫《いさめ》て縄切《なはきり》ほどき。終夜《よもすがら》撫和《なでやは》らげて野寺《のでら》の[14]晨朝《じんでう》と同じくわかれて歸りける。こゝに源内従弟《いとこ》鹿谷惣《しゝたにそう》八といへる男由《ゆ》良《ら》門之《もんの》進《しん》といふ美少《びしやう》とわりなく[15]兄弟《きやうだい》の契約《けいやく》したる

(1)侍として身を受けた仕合せ。侍冥利ともいう。
(2)午前二時頃の鐘。
(3)音をさせる。たたく。
(4)消し。
(5)昨夜。
(6)建物の脇に出た、低く短い垣。
(7)目ざまされて悲しい思いでいる時。
(8)何事か、わけは存じませんが。
(9)易林本節用集「潸然ナミダグム」
(10)逐一。
(11)成行。始末。仕儀。
(12)武士としてどうしてもそのままにできない所でございますが。
(13)元気づけて。
(14)ここでは明け六つの鐘とともにの意。
(15)念者（兄分）と若衆（弟分）の関係を結ぶこと。男色関係。

に。ある夜《よ》の雑談《ざうたん》の次而《ついで》に此比《ごろ》沢《さわ》田松原《ばら》にての事承《うけたまは》るに。源内殿の御事は[1]御自分遁《ごじぶんのがれ》ざる間《あいだ》なれば我とても[2]他《た》に存《ぞん》ぜず。しかれば聞《きく》たびに[3]氣《き》の毒《どく》千万《せんばん》と其有様《ありさま》かたるに。惣《そう》八もおどろきながらたしかならざる事なれば。人違《たがひ》もしらず。まづは虚《きよ》なる事にしても能《よき》事聞《きく》に似《に》ずといひ捨《すて》て立別《わか》れ。其翌日《よくじつ》源内にもし此類《たぐひ》の様子《ようす》は覺《おぼへ》なきかとはなせば。みなまでいはせず相手《あいて》しれざるゆへに有《ある》に甲斐《かひ》なき命《いのち》を今迄《まで》ながらへし。其沙汰《さた》せるものは誰《たれ》なるぞはやく聞《きか》せて給はれとはや顔《かほ》の色をちがへ。骨髄《こつずい》に徹《てつ》して[4]せいたる勢《いきほひ》見えけるに。惣《そう》八分別《ふんべつ》して若門之進《もしもんのしん》に聞《きゝ》しといへば。たちまち打果《はた》すにきはまるを[5]いふべき道《みち》なしと思ひ。しからば近日《きん》穿鑿《せんさく》を遂《とげ》て互《たがひ》にのがれぬ身なればもろともに打果《うちはた》すべき覺悟《かくご》也といふに。源内立腹《りつぷく》して既《すで》に聞《きゝ》給ひたる者《もの》を相手《あいて》にする思案《しあんに》。穿義《せんぎ》も評定《ひやうでう》も入《いら》ず。只今うけ給はらんといひつのるを。それは聞《きゝ》わけのなき一言《ごん》ひらにまちたまへといへば。其方は親類《しんるい》には似合《にあは》ず。外におもひかゆる方ありての事なるべし。今まで堪忍《かんにん》したるは[6]相手《あいて》も見しらず。源内ともしるまじとおもひた

(1)あなたの御親戚の間柄。
(2)ひとごととは。
(3)今日と同意の「気の毒」であろう。
(4)せきこんだ。
(5)言ってはならないところだ。
(6)こちらも相手を見知らず、先方も自分のことを源内だとも知るまいと、私は思っていたから。

ればこそ打置《おき》しに。かたりたるものいはれずは其方遁《のが》さぬといふに。元《もと》より惣《そう》八門之進《もんのしん》を[1]いとひけるよりそれ程に思はれなばいかにも引《ひか》ぬといふ詞《ことば》の下《した》より抜合《ぬきあはせ》潔《いさぎ》よく差遠《さしちが》へて果《はで》(ママ)ける。門之進《もんのしん》是を聞《きゝ》て所詮《しよせん》此噂《うはさ》したるは我なり。又我に告《つげ》たるは岩《いわ》右衞門なればと此中間《なかま》へ[2]押《をし》つけて段ゝ《だん〴〵》書付《かきつけ》果《はたし》状《じやう》つくれば。扨は顯《あらは》れたりと所も同《をな》じ松原にて立合《あひ》打果《はたし》て門《もん》之進《しん》も討《うた》れぬ其蘭《らん》といへる女此事聞て發心《ほつしん》しての比丘尼《びくに》なり

皷《つゞみ》の色《いろ》にまよふ人

[3]清見潟《きよみがた》心を關《せき》にとゞめかねて。[4]未明《あけぼの》いそぐ鐘《かね》の聲旅宿《こゑりよしゆく》の夢《ゆめ》を松寒《さむ》ふして。風におどろく[5]三保《ほ》が崎《さき》[6]田子の入江にさしかゝり弓手《ゆんで》に。[7]さつて山[8]氣《け》う とく。哀猿叫《あいゑんさけん》で物侘《わび》しく。礒邊《いそべ》は鵆《ちどり》むらだち猶淋《さび》しさ眞砂地《まさごち》を行《ゆく》に。塩《しほ》燒濱《やくはま》のうす煙《けふり》立のぼり白雲富士《はくうんふじ》を[9]ぬすみ。[10]心あてなる狂哥《けうか》の趣向《しゆかう》も化《あだ》に

(1)かばうところから。

(2)念を押して。動きのとれぬようにして。

(3)静岡県庵原郡の南方の潟、興津町の海岸である。昔ここに清見関があった。「せく」と関とかけことば。

(4)夜明けを早くも告げる鐘の音に夢破られ、旅宿を朝立ちして、松吹く風に冷たく頬を撫でられ、三保が崎を眺めながら。

(5)静岡県安倍郡の三保の松原。

(6)静岡県富士郡富士川口東方一帯の海。南西に三保の松原を望む。

(7)静岡県庵原郡の薩埵《さった》峠であろう。

(8)恐ろしく。気味わるく。

(9)かくし。

(10)こう詠もうと見当をつけていた。

なれり。猶行末由井《ゆい》神原《かんばら》などいへる宿《しゆく》に。[1]矢柯《やがら》と名《な》に付し目なれぬ魚《うを》もおかしく。眠覺《ねふりざま》しの〓筒《きせるづゝ》手にふれ[2]吹上《ふきあげ》の松原を過《すぎ》。はやくも舟わたりして浮嶋《うきしま》が原《はら》より枯《かれ》野の薄押分《すゝきをしわけ》。足柄《あしがら》の山をはじめて見し事も。[3]藜杖郭《れいでうくわく》を出しより吴《こと》なる風景《ふうけい》に[4]眼境《がんきやう》を怡《よろこ》ばしめ。猶奥深《おくふか》く入に[5]樒《しきみ》のりて[6]茶《さ》山花《ざんくわ》色どり。蔦《つた》の枯葉《かれは》も秋よりはまさりて。賤《いや》しき[7]岩尾《いはを》の耻《はぢ》を隠《かく》しぬ。下洩《したもる》雫《しづく》おのづからに氷《こほ》りて山の頭《かしら》も翁《おきな》めきたる風情《ふぜい》ありて。炭竈《すみがま》絶《たへ》て樫《かし》の切《きり》株《かぶ》のみ[8]あらけなき熊笹《くまざゝ》を[9]分行《はけゆく》に。霜《しも》に諸袖《もろそで》を浸《ひた》し[10]朝《あさ》日ねがへど影《かげ》おそかりし[11]忽然《こつぜん》と洞《ほら》にさがりぬ。池濤《いけなみ》にひゞきて微妙《みめう》の皷《つゞみ》の音《をと》のみ。爰《こゝ》にはふしぎと聞耳《きゝみゝ》たつるに程ちかく。[12]これなる岩窟《がんくつ》にまさしく人やありける。紅《くれない》の[13]細《ほそ》ものなる羅絹《うすぎぬ》の袖ほのめき。焼《たき》しめたる香《か》ほりの[14]風をさからひ。うつゝ心になりて村杉《すぎ》の葉《は》がくれよりさし覗《のぞ》きけるに。年の程かり初《そめ》に見し時は[15]里の總巻振《あげまきふり》[16]はけ髪《がみ》の程過《ほどすぎ》。十三ばかりの美童《びどう》の人家《じんか》はなれて此所に住《すむ》事も[17]よしなし。我をみながら物いはず笑はず。繪《ゑ》がける俤《おもかげ》かとうたがわれ。しばらくものおもひしが[18]あやまつてちかく立より。夢《ゆめ》のこ

(1)ヤガラ科細長い硬骨魚。「一目玉鉾」巻二「神原」の条に「此浦に矢骸(やがら)といへる魚あかる也」。
(2)静岡県蒲原町と、富士川河口の間の海岸。「煙草の煙を吹く」の意味をかける。
(3)藜杖はあかざで作った杖。老人が用いる。旅立ちして以来。
(4)目を喜ばせ。
(5)樒。
(6)山茶花。
(7)巌を美しく飾っていた。
(8)あらあらしい。
(9)「はけゆく」ママ。
(10)朝日の早く昇るのを願ったが。
(11)下りてゆくと、忽然と洞の前に出た。
(12)果せるかな、この岩窟にまさしく人がおった。
(13)目のこまかいうす絹。
(14)逆風ながらかおって来て。
(15)里の子供らの総角(あげまき)や振分髪を結う年頃を過ぎ。なお総角、振分髪はともに上古の子供の髪の結い方。
(16)「はけ」ママ。わけ。
(17)わけが判らない。おかしい。
(18)ついふらふらと。漢字は「謬」で、謡曲「石橋」や和漢朗詠集「仙家」の中の詩に典拠を持とう。

ゝろになつていかなればかくしておはしけるぞと尋《たづ》ねしに。我其むかしは駿河《するが》の府中《ふちう》[1]に酒や長藏といへる者の娘《むすめ》なりしに。九才の時母に後《おく》れ五とせたゝざるうちより繼母《まゝ》[2]しきにかゝりぬ。世にあるならひとはいひながら殊更《ことさら》に妬《ねた》み。怨《あだ》[3]まれふかゝりしかども。我まことの心より昼夜《ちうや》に身をやつし孝《かう》を盡《つく》しけるに。十三才の春より時の母道《みち》[4]ならぬ心にならせ給ひ。度累《たびかさ》[5]なれば人も見とがむる程になりしを。それと一人《ひとり》ふたりさたせ[6]し時此咎《とが》を俄《にはかに》[7]に我《われ》にゆづりて。かよふものありと父に告《つげ》しらしめられしに。此事たゞならぬ曲事《くせ》と糺明《きうめい》に逢《あひ》し時には。最早《もはや》ありのまゝに白狀《はくじやう》すれば忽《たちまち》母の悪名《あくみやう》のみならず。橋《はし》[8]をわたせし奴《やつこ》まで命をたちての不孝《ふかう》の咎遁《とがのが》れず。所詮《しよせん》我ひとりの越度《おつど》[9]になり。一殺多生《せつたしやう》[10]と孝《かう》との道にかなふと思ひさだめ。なをなを誤《あやまり》[11]たる通《とを》りの段ゝ《だん〴〵》書置《かきおき》して。其夜竊《よひそか》に裏道《うらみち》より出。此山陰《かげ》にかけ入五日は水も飲《のま》ずおぼへし誦經念仏《じゆきやうねんぶつ》して六日より倒《たをれ》伏《ふし》て枕《まくら》あがらず。今は最期《さいご》[12]に究《きは》めし時。不思儀《ふしぎ》や異香空《いけうそら》に薫《かほ》り口に露の洒《そゝぎ》かゝると覺《おぼへ》て。おのづから息《いき》かよひ出《いで》しより力《ちから》付時ゝ《より〳〵》あやしき童子《どうじ》天《あま》

(1)今の静岡市。
(2)まましきに。継しは形容詞。
(3)仇（あだ）とする意の「仇む」の受身の形の名詞化。「憎まれ」と同義。
(4)不義の心。
(5)「伊勢の海阿漕《あこぎ》の浦に引く網も度かさなればあらはれにけり」の古歌の文句取。
(6)うわさ。
(7)「にはかにに」ママ。
(8)母の不義のとりもちをした召使。
(9)「法をやぶって間道を通る罪」が原義で、あやまちの意となった。「落度」は当字である。
(10)一人を殺して多くのものを生かすこと。仏教の語。
(11)正しくない行為をしていて申訳なかったという謝罪の気持の逐一を。
(12)最後だと覚悟した時。

(1)時刻や時節に拘束されない、神仙的な飲食を得て。

(2)今は神通力を得て。

(3)諺。天は人をお見捨てにはならない。

(4)「不思議なりといふも」の句は、上、下にかかる。「……かたるのも不思議である」と仙女のいうのも、全く不思議なことであった。

(5)はっと思い当るところがあって思わず手を打ち。

(6)薄物と綾。

(7)邪見な里。

降《くだ》りて伴《ともな》ひ遊《あそ》び。身躰《しんたい》かろく[1]時しらぬ飲食《をんじき》飢《うへ》ず寒《さむ》からず。躑躅《つゝじ》の咲《さく》にて春をしり。栗毬《いが》の落《をち》たるに秋をしりて。三十年此山に住《すみ》[2]神通《じんづう》今おぼえて居《ゐ》ながら古里《ふるさと》を見るに。はや母は先《さき》だち給ひて十七年になりぬれば。是をかたる。[3]天道《たう》人を殺《ころ》さずとは誰《たれ》かいひけん。道人《だうにん》まれに來り給ひてかたるも[4]不思議《ふしぎ》なりといふもおろか也。しばしと思ふむかし語《がた》り。尋常《よのつね》の三日にぞありける。其後里に出て又歸るさの夕《ゆふべ》。府中《ふちう》に假寢《かりね》して明《あけ》の日主《あるじ》に是を語れば[5]横手《よこで》を撻《うつ》て。其長藏といへるもの今は跡絶《あとたへ》て所縁《ゆかり》なし。これは奇㚫《きい》の物がたり道人先達《だうにんせんだち》して其所見せ給へといふに。二三人伴《ともな》ひてまた右《みぎ》の岩窟《がんくつ》に往《ゆき》て見れば彼鞁《かのつゞみ》[6]羅綾《られう》の衣《きぬ》殘《のこ》りて二度《ふたたび》見へず

椿《つばき》は生木《いき》の手足《てあし》

夜《よ》だに明《あけ》ば尋《たづね》て紀《き》刕海道《しうかいどう》に出べきに。[7]邪見里《じやけんさと》のつれなく独法師《ひとりぼうし》に宿借《やどかさ》じ

と。[1]無義道《もぎどう》なるも誰《たれ》を[2]怨《うらみ》の葛信太《くづしのだ》の森《もり》の[3]下影《したかげ》に[4]涙《なみだ》な添《そへ》そほとゝぎす。[5]木《こ》の葉《は》夏《なつ》ながら紅葉《もみぢ》に。枕《まくら》に夢《ゆめ》もむすばずかゝる時こそ世の憂《うき》もしらるれ。更行鐘《ふけゆくかね》を[6]嵐《あらし》に傳《つたへ》きけば[7]九つ。[8]まだ宵《よひ》ながらとはいへどつらきが爲《ため》は秋よりながく遠里《とをざと》に麥搗歌《むぎつくうた》を伽《とぎ》にうれしく。うす曇《ぐも》る月のならひ[9]豹蚊《やぶが》いとゞ檪《むらが》りてかなし。かゝる所に靈《あや》しき姿《すがた》せしもの急《いそ》がしげなる足並《あしなみ》しどろに。只《たゞ》今御本社《ごほんしや》よりの御使者《ししや》と[10]八葉《よう》の車《くるま》轟《とゞろ》かし。[11]御名代《ごみやうだい》なるは無礼《ぶれい》するなと[12]先走《さきばし》り此森《もり》の社壇《しやだん》開《ひら》けば[13]眞体《しんたい》葛《くづ》の玉姫《たまひめ》ときこへて[14]しづかに歩《あゆ》み出たち向《むか》ひける時。使者車《ししやくるま》より下《おり》て[15]杓取直《しやくとりなを》し。今般《このたび》の御祭礼《ごさいれい》御[16]旅《たび》中御機嫌《ごきげん》よく今《こ》宵祠《よひやしろ》に入らせ給ひ。京中の氏《うぢ》子共悦《よろこ》ぶ事限《かぎり》なし付ては例年《れいねん》のごとく諸《しよ》國《こく》御流《ながれ》を汲無官《くむむくわん》の者《もの》に其功《こう》の仕《し》かたによつて。[17]官位《くわんい》あるべしと子細らしく冠《かんふり》を撫《なで》おろし。其爲深草飛丸勅使《ためふかくさとびまるちよくし》なりといふ時。みな〳〵頭《かうべ》をさげて蹲《うづくま》れば。玉姫座《ひめざ》を荘《かざ》りて飛《とび》殿是へと請《しやう》じ。御社《みやしろ》の早《はや》介にいひ付て。國《こく》中に廻状《くわいじやう》をつかはせば[18]蟻通《ありとをし》の哥《うた》之助をはじめ。暫時《ざんじ》のうちにより集《あつま》り皆ゝ献上《けんじやう》物をさしあげ。[19]赤飯《せきはん》山を[20]筑《つ》き油揚《あぶらあげ》を[21]御調《みつぎ》。酒は堺《さかい》の大和屋に

(1)没義道。むごいこと。
(2)「恨みん」と「裏見」のかけことば。葛の葉伝説の「恋しくは尋ね来て見よ和泉なる信太の森のうらみ葛の葉」の歌による。信太の森は和泉の信太村の大字中にある森。葛の葉の社がある。
(3)森に野宿したことを利かせる。
(4)俊成「むかし思ふ草の庵の夜の雨に涙な添へそ山ほととぎす」。
(5)今は青葉の夏であるが、紅葉の秋の思いで。
(6)嵐が運んで来る鐘の音をきくと。
(7)夜の十二時。
(8)清原深養父「夏の夜はまだ宵ながら明けぬるを雲のいづこに月宿るらん」。
(9)「鼇頭節用集諺解」。
(10)車箱に八葉の紋を画いた網代車の一種で、摂政、関白、大臣の乗用。
(11)御名代であるぞ。
(12)先駆をし。
(13)神体。
(14)申し上げる方が。
(15)笏。
(16)祭礼に神輿が本社から渡御すること。ここでは本社は京都伏見区深草町の伏見稲荷で、本社の御神体が御旅から今宵御帰着になったわけ。
(17)官位を与えるであろう。
(18)和泉国の蟻通明神。謡曲「蟻通」の、紀貫之が神怒にふれた時、一首の歌をよんで怒を解いた話による命名。
(19)赤飯・油揚は狐の好物。
(20)築（つ）き。
(21)みつぎ物として献上。

念を入畚《いなご》の[1]取肴《ざかな》まで運《はこ》び。此度の御事と上を下へとかへし。酒次第に[2]長じて是より藝盡《げいづく》し始《はじま》り。[3]金熊寺《きんゆう》の彦惣どのいざ遊《あそ》ばせといふ時辞退《じたい》申せばおそれあり。私は里〳〵の麥《むぎ》秋をこゝろざす[4]住《じう》寺玄海《げんかい》と名《な》のりも果《はて》ず。[5]祈禱《きとう》八卦月待日待の一祈《いの》り[6]摩訶般若波羅蜜《まかはんにやはらみつ》と。舌《した》のまはらぬ所はあれど口ばやに繰《くり》返し。印をむすびかけ手を打《うつ》て其まゝの[7]法師がら。[8]化功《はげこう》 甚《はなはだ》あまりありと一番に御免《ごめん》を蒙《かうふ》りける。次に黑裝束《くろしやうぞく》の中納言《なごん》いはずしてしられたり。[9]雨雲《あまぐも》の馬より眞倒《まつさかさま》に落《おち》ての何某蟻通《なにがしありとをし》の哥殿よな。三番に[10]家原《ゐばら》に住《すみ》て年久しきちよこ兵衞。姿《すがた》は二八の花の皃《かほ》[11]色むらさきの帽子《ぼうし》をかけていづくへ[12]飛子《とびこ》のさだめなく。しどけなきなりふり[13]満座《まんざ》死にまする悩《なつ》みける。次に錢筥這出《ぜにばこはひ》ける。[14]むかしの鐵輪《かなわ》は三足《ぞく》これは一足《そく》も見えねど。尾《を》のかくされぬが[15]氣《き》の毒《どく》。前《まへ》にはりしお札《ふだ》にて[16]牛瀧《うしたき》の水四郎としられぬ。五番《ばん》に[17]水間《みづま》の野老堀《ところほり》のぬく介形《かたち》は其まゝ大木《ぼく》となり。兩手《りやうて》は梢《こずへ》のごとく時ならぬ椿《つばき》の花折《おり》に來るものを勾引《かどはかす》。次に出しは艶姿《やさすがた》とへば[18]嶋原《しまばら》の野《の》風《かぜ》。[19]大坂の荻野《おぎの》にもおとるまじき風俗《ふうぞく》。衣紋《ゑもん》けだかく引繕《つくろ》ひいかなる透《すい》

(1)つまみ物。
(2)たけなわになって。
(3)大阪府泉南郡東信達村にあり、その鎮守神を金峰熊野の二権現となす故にこの名がある。
(4)住持。
(5)祈禱をし、八卦を見、月待日待の祈りのまねをして。月待は、月の三日・十三日・十七日・二十三日・二十六日などの夜、月の出を待って拝する行事。日待は、正・五・九の月の吉日に日の出を待って拝する行事
(6)真言密教の経典「摩訶般若波羅蜜多心経」(般若心経)の中の句。
(7)板についた法師姿。
(8)「はげこう」ママ。化ける年功を積んでいること。
(9)謡曲「蟻通」の「あら笑止や。俄に日暮れ大雨降りて、しかも乗りたる駒さへ伏して、前後を弁へず候はいかに」、「雨雲の立ち重なれる夜半なれば」などによる。
(10)大阪府泉北郡蜂田荘家原にある家原寺。行基の故宅で、叡尊の中興したもの。
(11)若手の歌舞伎役者が、月代を被う紫色のちりめんふくさ。
(12)地方をまわって男色を売り歩く若衆。「飛」はかけことばで、どこに行かされるか、わからない飛子のさまでの意。
(13)劇場のほめことば。「死にまする」の下に「と」脱落。
(14)能の「鉄輪」の女の生霊をさすか。
(15)がっかりである。困ったものだ。
(16)大阪府泉北郡の牛滝山大威徳寺。役行者草創。この山に、第一・第二・第三の滝がある。
(17)大阪府泉南郡の竜谷山水間寺。野老は水間の土産物。堀は掘が正しい。なお「日本永代蔵」一の一の本文とさし絵を参照。
(18)京、島原揚屋町大坂屋抱えの太夫。
(19)大阪、新町扇屋抱えの太夫。

もころりとさせん其化粧《けはひ》。どうもならぬと興《けう》じけるは誰《たそ》。ことも愚《おろ》かや乳守《ちもり》[1]に名高《なだか》き葛城《かづらき》が假姿《かりすがた》。大泉陵《だいせんりやう》[2]の墓《はか》[3]あらしとゐしやくして入《いれ》ば。色《いろ》黒き聲高《こゑだか》なる男是は佐野《さの》[4]の橈盗《かいぬすみ》の門《かど》之介。次に鉢巻《はちまき》に釣髭《つりひげ》大小《だいしやう》見るからね[5]だれ者《もの》酒《さか》手くれねば通《とを》さぬ男は。助松《すけまつ》[6]のねぢ介と。大笑《わらひ》に尻聲《しりごゑ》[7]なく明れば元《もと》の森《はやし》になりぬ

(1)堺の南端の遊廓。
(2)大山陵。堺市舳松にある仁徳帝の御陵。
(3)その御陵に巣くった狐の意。
(4)大阪府泉佐野市。漁港で、男の留守のことが多く、夫が在宅の時は、妻は門に橈を立てるという。(「一代男」四の七参照) それをいたずらするところからついた狐の異名。色の黒いのは漁師に化けているか。
(5)ねだり者。強請者。
(6)紀州街道の宿場。今は、大阪府泉大津市と合併。
(7)語尾音。西鶴は狐狸の化けた者の声を「尻声なし」とか、「尻声短し」というように記している。これは彼ばかりでなく一般にこう信じていた。具体例として、前代室町の狂言「こんくわい」の伯蔵主に化けた狐の語尾をつめたような独特の発音があげられるが、そのようなのを狐狸的だとした考え方の踏襲であろう。

懐硯巻三

水[1]浴《あびせ》は涙《なみだ》[2]川

五十鈴川《いすゞがは》の小石《こいし》を拾《ひろ》ひ。恋《こひ》[3]の夜《よ》に入人の門口蔀《しとみ》にうちつけ。天《あま》[4]の岩戸《いわと》も破《わ》るゝばかりにひゞきわたり。伊勢の山田《よふだ》[5]に旅寝《たびね》せし夢《ゆめ》[6]をおどろかしぬる宿《やど》の主《あるじ》に何《なに》事ぞと尋《たづね》しに。近所《きんじょ》に娌《よめ》入ありといへり。まことに二柱《ふたはしら》のはじめ男神《おがみ》女神《めがみ》のそれより此かた。人みな悋氣《りんき》よりおこりて。かく礫《つぶて》を打《うつ》事よと大わらひに目を覺《さま》し東路《あづまぢ》に下《くだ》り。そのゝちまた此宿へ通《とを》りがけに立よりけるに人うつけたりとて嬲《なぶる》まじき事とて。亭主《ていしゅ》のかたりけるは。日外女房《いつぞやにょばう》よびし男は中世古《なかぜこ》[7]といふ所に松坂《まつざか》屋清藏《せいざう》とて身過《すぎ》にかしこき。世間愚《せけんおろか》[8]なる男なりしが。常《つね》に寄合《よりおふ》[9]謡 講《うたひこう》の宿《やど》には彥《ひこ》左衛門德《とく》介松右衛門新《しん》助師匠《しやう》[10]は武《ぶ》右衛門一所《しょ》にならび居《ゐ》て。こよひは清藏遅《せいざうおそ》しといへば彥《ひこ》左衛門すゝみ出《いで》て。此春女房持てより少〻《しやうく》の用事《ようじ》には門《かど》にも出ず。昼《ひる》も大かた寝《ね》て居《ゐ》ると見えたり。世の中はみなあの通《とを》り過不及《くわふぎう》[11]なる事のみにて。

(1) 婚礼の際や、新婚の翌年の正月に聟を祝福して水を浴びせる婚姻習俗。「水祝」ともいう。享保に二度にわたって禁令が出たがもっと後まで行なわれた。
(2) 涙の多く流れるのを川にたとえていう。
(3) 婚礼の夜、友人らが、その家の中に小石を投げこむ婚姻習俗。これも享保に二度にわたって禁令が出ている。宇治山田ばかりにあった奇習ではない。
(4) 戸も破れるというところを、大神宮の縁でこういった。天の岩戸は外宮の南の高倉山にある。
(5) 「よふだ」ママ。
(6) 目をさました。夢を破った。「おどろかしぬる」で文が切れる。
(7) 山田の町名。
(8) 社交べたな愚物あつかいされている男。
(9) 謡を習っている仲間の会場にあてた家。あとに謡宿武右衛門とある。
(10) 師匠は武右衛門で。
(11) 過ぎているのと及ばないのとで、ちょうどつりあうのがない。

無男《ぶおとこ》といひ余程《よほど》たらぬものが[1]今の女房など持《もつ》べしと。下手《へた》な氏神《うぢがみ》も知《しり》給はじ。憎《にく》き事は一昨日《おとゝひ》もちよつと見舞《まい》たるに。夫婦《ふうふ》白昼《はくちう》に[2]火撻《こたつ》にあたり。しかもおれがをとづるゝと二人《ふたり》ながら蒲團《ふとん》被《かぶ》りて俄《にわか》に空鼾《そらいびき》。さりとては其仕形《しかた》のわるさといへば。みな〳〵口を揃《そろへ》[3]法界《はうかい》ではなけれど。あの男《おとこ》めに[4]あつたら女房をもたせて置《おく》さへ腹《はら》たつに。あまり[5]見ぐるしきあり様。今にも來《きた》らばいひ合て。さらする談合《だんかう》せんといふ所へ清藏《せいざう》來り一つ二つ世間咄《せけんばなし》の次而《ついで》に。松右衛門[6]一分別《ひとふんべつ》ある皃《かほ》して。[7]かうはなすからはたがひにあしき事あらばいひてなをすが道《みち》とおもふから。[8]近比《ちかごろ》いひにくけれども此般《たび》の御内儀《おないぎ》の事。器量《きりやう》はもつとも人のさたする程の[9]諸躰《しよてい》[10]殘《のこ》る所なし。されども今までよそへ行ずに[11]いたるは。[12]いかふ子細《しさい》のある事誰《たれ》もしるまじ。持病《ぢびやう》に顛癇《てんかん》といふものありて。年毎《としごと》の[13]小寒《しやうかん》の末《すへ》[14]大寒《かん》の[15]さし入にかならず発《おこ》りて。[16]御手前《おてまへ》の命を[17]取《とら》るべしと。[18]贔屓《ひいき》におもふ程のものは[19]是ざたなりといへば。清藏膽《きも》をつぶしそれはいかなる病《やまひ》といふに。ひよつと是が発《おこ》ると。先丸裸《まづまるはだか》になりて白昼《はくちう》に大道《どう》に走《はし》る常ゝ《つねぐ》かくす事を口

(1)今の美しい女房を持とうなどと。
(2)ママ。火燵。
(3)法界悋気の略。自分に直接関係のない事に嫉妬すること。
(4)可惜。もったいないよい女房。
(5)女房のそばにべたついていること。
(6)一思案ある顔をして。まじめな顔をして。
(7)このように親しく交わるからは。
(8)甚だ。
(9)「所体」が正しい。なりふり。
(10)非を打つ所がない。
(11)嫁に行かずに家にいたのは。「ゐたる」が正しい。
(12)ひどく。「いかう」が正しい。
(13)冬至後十五日目を小寒という。
(14)小寒の後十五日目。
(15)入り。
(16)あなた。
(17)「とらる」ママ。
(18)好意を持っている者は皆。
(19)これざた。もっぱらの評判。

ばしる。道具《どうぐ》を打破《わる》。科《とが》なき下人《げにん》を打擲《てうちやく》し。畳《たゝみ》を切裂《さき》。我男《わがおとこ》[1]の咽《のど》ぶえに喰《くひ》つくといひたてる時。清蔵色《いろ》を違《ちが》へ南無三宝と。しばしは物もいはず。さても〳〵是非《ぜひ》なき事と。これを満真《まんまこと》[2]に思ひよくこそしらせ給へ[3]。大寒《かん》もはや程《ほど》ちかし命ひとつ拾《ひら》ひましたと。直《すぐ》に宿《やど》に。帰れば。跡《あと》は大笑《わらひ》して諷《うたひ》は止《やめ》にして夜《よ》[4]をあかしぬ。清蔵は宿《やど》にかへり女房《にようばう》呼《よん》でちとおもひ入[5]あれば暇《いとま》をやるぞ只《たゞ》今帰れと。立ながら三行半《くだりはん》[6]さら〳〵と書《かき》て抛出《なげ》せば。女房涙《なみだ》をながして是はいかなる事を聞《きい》てかく仰《おふせ》らるゝぞ。様子《ようす》[7]きかせて給はれといふに。何ほどむつかりやつても[8]涙《なみだ》がこわい物でなしと。愛相《あいさう》なく引たてければ。此悲《かなし》さかぎりなく。されども女のわりなさ[9]なく〳〵里へ帰りければ。親《おや》たちのふしぎ常ゝ《つねぐ》[10]人のさたに逢《おふ》程中《なか》よき夫婦《ふうふ》といはれて。今俄《にわか》にさらるゝはさだめて其方に不義《ふぎ》あるべし。さて〳〵憎《にく》き女めと。奥《おく》の一間《ま》に立籠《たてこめ》。仲人《なかふど》七右衛門を呼《よび》て此よしかたれば。是はおもひよらぬ事。清蔵此分別《ふんべつ》あらばわたくしにしらす筈《はづ》。まづまいりて様子《ようす》うけ給はるべしと清蔵方に行ば。はや聲《こゑ》[11]をあげて七右衛門殿ともおぼへ

(1)夫。
(2)「誠」の強調語。「満」は当字で、「真」(ま)の訛。
(3)ようこそお知らせ下さった。「給へ」は已然形。
(4)雑談で。
(5)おもいいれ。おもう所。考え。
(6)(三行半で書いたからという)夫から妻に出す離縁状。
(7)事情。わけ。
(8)泣く。「やる」は本来は敬語であるが、ここでは敬意を含まない。
(9)女の弱さ、悲しさ。
(10)人の噂にのぼる程。
(11)大声を出して。

ぬ。あのやうなる病《やまひ》ものをよふこそ[1]肝煎《きもいれ》れしと。[2]うらみかず〳〵それは心得《こゝろへ》ぬ不足《ふそく》うけたまはる。子細《しさい》かたり給へといへば。[3]右の段ゝ《だん〴》追付《おつ》寒《かん》にちかし。何と七右衛門殿人は[4]嘘《うそ》をつくものではござらぬといふに。さりとては其様《よう》な事とは夢《ゆめ》にもしらずとあきれて歸りぬ。月日のたつははやく。寒《かん》の明《あけ》の日此女房衣裳常《いしやうつね》よりあらため。美ゝ《びゞ》敷荘《しくかざり》たて[5]物好《ものずき》の模様染蹴《もやうぞめけ》出《だ》し歩《あゆみ》の品形殊更《しなかたちことさら》にすぐれて。見るもの[6]悩《なづま》ざるはなし。老母《らうぼ》と同道《どう〴》して右悪《わる》口いひし。五人の者《もの》共の家毎《いへごと》に見舞《まい》て。寒も過行《ゆき》ますれども煩《わづらひ》も致《いた》さず。風さへ引ぬ達者《たつしや》御目にかけんと一ゝ見せ。清藏所へも立よりて随分無事《ずいぶんぶじ》に暮《くら》して[7]此通りといひ捨《すて》て出れば。清藏[8]手を打《うつ》て。扨も人は跡《あと》かたなき事をさたして。[9]馴染《なれそめ》たる中《なか》をはなれさせけるとおもふうへに。[10]より來《く》る程の者はうつくしきお内義を。何として離別《りべつ》なされたぞ心だてと申結構《けつかう》なるお人。千人《せんにん》の中にもまたあるまじと金《かね》を落《おと》したるやうにいひなし。殊《こと》に此比《ごろ》どこやらへ[11]嫁《よめ》らるゝよし。[12]此男になるものは仕合《しあわせ》な事といふに。清藏此殘念胸《ざんねんむね》にせまり。[13]節季《せつき》の仕廻《しまい》も誰《たれ》と年《とし》を取ものぞと。

(1)「きもいれ」ママ。
(2)恨み言の数々。
(3)右の段々を語り。
(4)仲人口は、多くあてにならないものとなっているので、こう言ったわけ。
(5)好み。趣味。
(6)悩殺されないものはない。
(7)此通りでおります。
(8)「横手を打つ」と同じ。「しまった」という気持で、思わず手を横に打ち合わせる。
(9)なじんだ仲。
(10)家に来る者は誰でも。
(11)「よめる」は「よめいる」の熟合したもので、ラ行四段に活用する。
(12)夫。亭主。
(13)大晦日の始末をつけても、誰と正月を迎えたらよいか。

万事打捨《すて》ておもしろからぬ浮世《うきよ》。朝夕無念《てうせきむねん》〳〵と口号《ずさみ》。廿七八日より髪《かみ》をもいはず[1]正月着物《きるもの》も縫《ぬは》せず。[2]蓬萊《ほうらい》も海老《ゑび》も相生《あいをい》の松も。夫婦《ふうふ》ありてこそと打伏《ふ》しける。明《あく》れば初春の空《そら》のどかにそれかれ當年《たうねん》の[3]御礼者《れいしや》聲《こゑ》しきりなるも。正月早〻《さうく》から疝氣《せんき》がおこつて寝《ね》て居《い》るといへと。起《おき》あがらざる所に。子共あまた長卿《おとな》まじりの聲賑《こゑにぎ》はしく。[4]水浴《みづあび》せ〳〵とはやしたて通るに。清藏好《この》もしき事と其まゝかけ出。格子《かうし》より是を覗《のぞき》てあれは下《しも》の町の孫《まご》介ではないか誰が娘《むすめ》を呼《よ》んだといへば。下人《げにん》太郎介旧冬《きうとう》より[5]頼《たの》みがまいりて。こなたのはじめのお内義《ないぎ》さまの[6]嫁て御ざりましたといふに。今はたまりかね無念至極《しごく》と奥《おく》へかけ入。何のおもしろからぬ浮世にながらへて詮《せん》なし。とかく世に二人《ふたり》ともなき女房を嘘《うそ》ついて去《さら》せし。五人の者をかたはしよりさし殺《ころ》して死《し》んで。胸《むね》をはらすべしと。思ひさだめ。長持《ながもち》の錠《でう》ねぢきり脇指《わきざし》取出し。髪《かみ》は去《きよ》年の廿日過《すぎ》に結《ゆひ》たるまゝなるを乱《みだ》し。まづ彦左衞門方へかけ込《こめ》ば。此春のめでたさいづれもわかうならしやりて[7]五百八十七まがり。注連縄《しめなわ》かざり幾《いく》久しくとさかづき事して居《ゐ》

(1)正月の晴着。「着物」(きるもの)で一単語である。
(2)正月の祝儀の蓬萊飾り。
(3)年始客。
(4)水かけろ〳〵。
(5)結納。
(6)「よめりて」。
(7)五百八十七廻りの訛り。五百八十年と七廻り。長寿を祝う語。七廻りは干支の七廻りで四百二十年、合せて千年。

る所に。彦左衛門はどこに。[1]礼《れい》に出《で》ましたといへば。かくれてもかくれさせぬと壱尺八寸ひらりと抜《ぬき》て家《や》さがしするぞと。奥から口へはしりめぐりけるに。子共はおそれて迯《にげ》ちり。あたりほとりの者《もの》もこれは何事がおこりたる年《とし》の始《はじめ》なると。戸《と》さして肝《きも》を潰《つぶ》し彦左衛門は留守《るす》なれば。それより松右衛門所に行《ゆき》て一さはぎ。徳《とく》助へはしり行ども。みな〳〵礼《れい》に出たる跡《あと》の間《ま》に。五人の者の家ゝ《いへ〳〵》を抜身にてかけ歩《あり》行きしに。途中《とちう》の礼《れい》者肝《しやきも》ひやし。元日《ぐわん》に此ような事は[2]終《つい》にためしなき騒動《さうどう》。やれ喧嘩《けんくわ》よ狼《らう》藉《ぜき》ものよと。かざり松ふみ倒《たを》して迯《にげ》るもあり。それから謡宿《うたひやど》武右衛門所に行ば折ふし居《ゐ》合せ。此ありさまを見ておどろきながら。[3]まづしづまり給へいかようともこなたの存分《ぞんぶん》の通《とを》りに致《いた》すべしといへば。さすが[4]師弟《してい》の挨拶《あいさつ》ありて　暫《しばらく》しづまりしうちに。[5]宿老《しゆくらう》になだめさせてもきかぬを。[6]旦那寺《だんなでら》の長老《ちやうらう》。醫者《いしや》の春徳《しゆんとく》。上下《かみしも》四町の[7]年寄《としより》をかけて[8]扱《あつか》ひて。漸ゝ《やう〳〵》堪忍《かんにん》するになりて。命はたすけ右の[9]五人者《もの》の女房《によばう》みな〳〵去《さら》せて給はれといふになりて済《すみ》ぬ。それより清藏五人の家ゝに行て荷物《にもつ》まで　拵《こしらへ》自《じ》身《しん》其親《をや》

(1)年礼。
(2)未だかつて例のない。
(3)落ち着きなさい。
(4)師弟の礼儀。
(5)町内の年寄役。
(6)菩提寺の住職。
(7)宿老と同じ。
(8)調停して。
(9)五人の者。「の」をはぶく例が非常に多い。

里〈へおくりとゞける。或《あるひ》は子《こ》共あまたのある中。おもひもよらぬあかぬ別《わかれ》を悲《かなし》み哀《あはれ》は[1]いふばかりなし。武右衛門女房は今年《ことし》六十一なりしも[2]堪忍《かんにん》せず。馴染《なじみ》て四十三年。今になつて去《さら》るゝ是《これ》はいかなる因果《いんぐわ》となげかれしも斷《ことわり》ぞかし。惣《そう》じて此たぐひの惡《わる》口いふまじき事なり

[3]龍灯《りうとう》は夢《ゆめ》のひかり

[4]何《なん》の虹《にじ》ぞさらに今反橋《そりはし》わたせる夕氣色《げしき》。[5]紀三井《きみい》寺のありさま近江《あふみ》なる湖《みづうみ》[6]こゝにたとへて。都《みやこ》の[7]冨士《ふじ》は礒《いそ》と詠《ながめ》り[8]折《をり》ふしの秋の風[9]吹上《ふきあげ》に立《たて》り。[10]白菊《しらぎく》枚咲《かずさき》て浪《なみ》にうつらふ[11]星の林《はやし》のごとし。是なん[12]織姫《をりひめ》のやどり木とも傳《つた》へし[13]布《ぬの》引の松千代ふりて毎年《まいねん》[14]七月十日の夜《よ》龍燈《りうとう》の光《ひかり》鮮《あざやか》なる。[15]玉津嶋姫《つしまひめ》の姿《すがた》めきたる娌子《よめこ》を倡《いざな》ひ。貴賤《きせん》遊山船《ゆさんぶね》に酒哥《しゆか》の樂《たのしみ》。あるひは[16]琵琶《びわ》の撥《ばち》音樂天《おとらくてん》が髭《ひげ》を撫《なで》つる。潯陽《じんよう》の江《え》もよもやこれにはと。自慢《じまん》の男[17]こゝに寄《よら》

(1) ことばにいい尽されない。
(2) 許さない。例外として認めない。
(3) 海中の燐火が時に燈火の如く光るのを、古来龍神が捧げる燈火と言伝え、各地の神社に伝説がある。
(4) 「夫木集」「さらにまた反橋渡す心地してをぶさかかれる葛城の山」による。また今反橋を渡したような感じの虹は、何という美しい夕景色であろう。
(5) 和歌山市紀三井寺の名草山にある真言宗の寺。西国三十三所第二番札所。
(6) 「ここにたとへて」は「伊勢物語」に「その山はここにたとへてはひえの山をはたちばかりかさねたらん程して」とあるによる。「都の富士」は比叡山の異称。
(7) ただ「磯」ともいう。「高い富士山でも、何々にくらべれば、磯の低さも同然である」の意で、転じて、はるかに及ばない物事のたとえ。上からの文意は「紀三井寺の風景は、和歌の浦を琵琶湖になぞらえると比叡山にもあたろうが、比叡山などは問題にならないほど、こちらの景色の方がすぐれている」。
(8) 折からの。
(9) 和歌山市紀ノ川口の左岸湊より雑賀の西浜に至る一帯の地。(歌枕)。「吹く」のかけことば。
(10) 「古今集」「秋風の吹上にたてる白菊は花かあらぬか浪のよするか」などがあり、吹上・白菊は俳諧の付合《つけ》になっている。「沢山咲いている白菊の花は、浪にうつっている星の林のようである」の意。
(11) 万葉の古歌にみえる語で、星の多く集まっているのをいう。
(12) 上の「星の林」の縁で、織女星を出して来た。
(13) 和歌の浦の南、毛見浦にある松原。そこの松が千年も経た老松らしい様子を見せ。「布引」の「布」は「織姫」と縁語。

なん。沖《おき》浪さはがしく次第《しだい》に夜更《よふけ》方に成て。人の心も空《そら》[1]なれやはれ行月の影《かげ》を外になして。龍神《りうじん》の燈《ともしび》さゝぐるも今なるべし。見ての語《かた》[2]り句《く》にもやと𦋐集《くんじゆ》の輩《ともがら》眫《まぶた》に汐《しほ》風をいとわず。詠《ながめ》[3]に首《くび》の骨《ほね》もたゆくなりける。むかしより所の人のいひ傳《つた》へしは。此光《ひかり》を見る事人の中にも稀《まれ》なり。随《ずい》分《ぶん》の後生《ごしやう》ねがひ人事[4]をいはず腹《はら》たてず生仏《いきぼとけ》様といはるゝ程の者が。仕合よければちらと拜《おが》み奉ると聞し所に。大勢立かさなりて居《ゐ》るを我慢《がまん》[5]に突《つき》退推《のけをし》のけて出《いで》し男。眞向《まつさき》に進《すゝ》み珠数《じゆず》の緒《を》のながきに咄《はな》し半分繰雑《はんぶんくりまぜ》ながら各々《おのおの》あれ見給はぬか今あがらせ給ふはと。目を眠《ねふ》[6]り頭《かうべ》をうなだれしに。十人のうち七八人は礒《いそ》に釣火《いさり》するを見付有がたし。日比《ごろ》人わるかれと思はぬ證據《しやうこ》今あらはれたりと皃皺《かほしはめ》面て拜み。また二三人は罪《つみ》が深《ふか》ひやらなんぼ延《のび》あがりても見えぬと頭掻《あたまかく》程の者は眞實《しんじつ》なるべし。道人《どうにん》はとても及[7]びなしと觀音堂《くわんをんどう》に通夜《つや》せんと。初《はじめ》は普門品《ふもんぼん》[8]讀誦《どくじゆ》などしながらつや〳〵眠《ねふ》るうちに。其曉《あかつき》[9]の空《そら》に紫《むらさき》の雲たな引[10]海上《かいしやう》風絶《たへ》て。浪間《なみま》に金色《こんじき》のひかり水玉湧《わき》かへり。微妙《みめう》の調耳《しらべみゝ》にひゞきふしぎやと見る所に。鬢《びん》[11]づら結《ゆひ》の

(14) 紀三井寺は毎年七月九日から十日夜まで、千日詣りが群集した由。
(15) 和歌浦にある玉津島神社の祭神衣通姫。なお、文は一応、上の「鮮なる」で切れる。
(16) 「琵琶の撥音」から、「琵琶行」の縁で、白楽天を出し、潯陽の江と続けた。「楽天が感に堪えて髭を撫でた潯陽の江もよもやこれにはまさるまいと」の意。なお潯陽江は江西省九江附近の揚子江のこと。
(17) 業平の「塩釜にいつか来にけん朝なぎに釣する舟はここに寄らなん」の文句取。「寄らなん」は「寄ってほしいものだ」の意であるが、ここでは「寄り集まることだ」くらいの意。

(1) 「うわの空である」というのに天空の意をかけて、下に続けている。
(2) 語り草。
(3) 西山宗因の句「ながむとて花にもいたし頸の骨」による。
(4) 人の悪口をいわず。
(5) 法華宗の者は我意をふるまうという。下の方に「珠数の緒のながき」ともあって、法華宗にまぎれもない。
(6) つぶり。
(7) どうしたって自分などに拝めるはずがない。
(8) 法華経二十八品中第二十五品。観世音菩薩普門品の略。
(9) 弥勒出世の暁をいうが、ここでは、以下のありがたそうな暁の情景をあらわすのに、借用した。
(10) 濁点ママ。
(11) 上代の若い男子の髪の結い方。みずらともいう。

童子《どうじ》数《す》十人。瑠璃燈《るりとう》[1]を捧《さゝげ》跡《あと》に無量《むりやう》[2]の鳥甲《とりかぶと》[3]と見へしは。辛螺《にし》[4]蚫《あわび》ぴんとしたるが魚の尾[5]びれ冠《かんふり》して。管絃《くわんげん》を奏《そう》し此松に[6]掛《かけ》奉り。各々《おのおの》海上に跪《ひざまづ》き給ひこなた[7]を伏拝《ふしおが》むと。御厨子《みづし》おのづから開《ひら》かせられ持給ふ一茎《きやう》の蓮華《れんげ》をあげて。善哉《ぜんざい》〳〵鱗《うろくづ》共と三度《ど》うなづかせ給ひて。又戸帳《とてう》[8]に隠《かく》れさせらるゝと。皆波間《なみま》に入と。枕《まくら》[9]の鐘《かね》と夢が覺《さむ》ると。一度《ど》にて感涙《かんるい》膽《きも》に銘《めい》じ宵《よひ》[10]の後生願《ごしやうねが》ひおかし

氣色《けしき》[11]の森《もり》の倒石塔《ころびせきたう》

杖扶《ちやうふ》[12]しばしとゞまる大隅《すみ》の片里《かたざと》に涼《すゞ》しき暮《くれ》を待《まち》て沢辺《さはべ》を行細石《さゞれ》水に夏《なつ》なき心地《こゝち》のして。さらに[13]都《みやこ》を思ふ糺《たゞす》を爰《こゝ》に。梢《こずゑ》の茂《しげ》みさながら其氣色《けしき》の森《もり》にほとゝぎす[14]の折《をり》ふしをしらせ。纔《わづか》なる村雨も旅《たび》のならひとてうたてく[15]。漸々《やうやく》にたどり來《き》て近《ちか》づきにはあらぬかたに子細《しさい》をかたつて。一夜《や》[16]の假寝《かりね》

(1)仏殿に吊す燈籠で、六角形で絽を張り、内部に瑠璃製の燭器をおく。
(2)はかりなく多いこと。
(3)舞楽の時、常装束に用いる兜。鳳凰の頭に象る。
(4)左旋の縦筋のある巻貝の総称。
(5)「尾びれの冠をしたもので」の意で、大意は「無数の鳥甲の楽人と見えたのは辛螺・蚫であり、ぴんとしているのが、魚の、尾びれの冠をかぶったもので、それらが」となる。
(6)龍燈を。
(7)観音堂の方を。
(8)ここでは観音像を安置した厨子に垂らしたとばり。
(9)枕にひびく鐘の音。
(10)宵に龍燈を拝むために集まって、あれこれしていた連中のことが。
(11)鹿児島県囎唹郡（大隅）上小川村にあった歌枕。
(12)杖に扶けられて。
(13)その上、京都の下鴨の糺の森をここに持って来でもしたように、梢の茂みがそれとそっくりの気色の森に。「其気色」はかけことば。
(14)ほととぎすが夏の季節を知らせ。
(15)不愉快で。
(16)一夜泊めてもらったが、ゆっくり夢をみるひまもなかった。

に夢《ゆめ》みる隙《ひま》もなかりき。人の姿《すがた》は鄙《ひな》もさのみにかはらず。明日《あす》は五月の五日とて。松火[1]あかして跡《あと》[2]あがりなる月代《さかやき》を剃《そり》など。老人《らうじん》は肩衣《かたぎぬ》かけて持《ぢ》仏《ぶつ》に勤《つとめ》なすありさま。[3]東門徒《ひがしもんと》の名号《みやうがう》いと殊勝《しゆしやう》に拜《おが》まれける。女は柏《かしは》の葉にて黒米《くろごめ》の餅《もち》などをつゝみけるは。是なん上《かみ》がたに見し眞苧《まこも》の粽《ちまき》のかはりなるべし。釣鍋《つるなべ》に少《ちいさ》き[4]籠《いかき》を仕《し》かけ葉茶《はちや》を煎《せん》じて。[5]伊勢《いせ》茶碗《ちやわん》の手厚きに汲《くみ》なして我を饗應《もてなし》ける。[6]いづくにも鬼《おに》はなき君が代《よ》の道の廣《ひろ》きを。今見る事歸《かへ》りてはなしの種《たね》ともならんかし。明《あく》るあけぼのいそぐ草鞋《わらんぢ》かけ脚《きや》絆《はん》のし[7]ゝ干《び》になるまで囲爐裏《いろり》の縁《ふち》に掛《かけ》て。取雜《まぜ》ての咄聞《はなし》うちに。隣《となり》に人聲《ごゑ》の[8]喧《かまひ》しくいまだ盛《さかり》ならざる女の叫《さけび》けるは。いかなる事と尋《たづね》しにあるじの語る。あれは過し比まで此國のお[9]屋敷《やしき》がたに。和田《わだ》太郎七とかやいへる御内に。十一二才より四五年奥《おく》にめしつかはれて不便《ふびん》がられしに。俄《にはか》に物ぐるわしくなりてたまらざりけるより。此比おくられて歸りしを兩親《りやうしん》是をなげき独《ひとり》の娘《むすめ》を生《いき》ながら地獄《ぢごく》に落《おと》す心して。力におよぶ程醫療祈禱《いりやうきとう》にいとまなく。[10]加持《かぢ》すれども氣色《きしよく》しづまらず。是より十七里を經て[11]名譽《めいよ》

(1)「まつびあかして」とよむ。割り松の火をともして。
(2)鬢の恰好が後上がりになるように月代を剃った髪風。古風な田舎者の風俗。
(3)東本願寺派の門徒として六字の名号を唱え。
(4)ざる。
(5)厚手の伊勢茶碗（伊勢天目とも）。
(6)「太平記」紀朝雄「草も木もわが大君の国なればいづくか鬼のすみかなるべき」。「わたる世間に鬼はない」の諺を利かせる。
(7)不詳。「明朝早く着けて立つ、わらじかけや脚絆の濡れたのがパリパリに乾くまで」の意か。
(8)「かまひしく」ママ。「かまびすしく」または「かまびすく」とあるべき所。
(9)お武家方。
(10)真言密教で、修法を行なって仏力の加護を祈り、病気災難を除くこと。
(11)すぐれた。

の道人《どうにん》ありけるを呼越《よびこし》[1]。あまりにつよくいのられおのづから本性《ほんしやう》をあらはして。我は此女と傍輩《はうばい》にて。[2]はけて隠居《ゐんきよ》の御ふくろさまにかはゆがられ朝夕《てうせき》御食《めし》まいる膳《ぜん》の向《さき》に前足折《まへあしおつ》て。御口元《もと》に目《め》をつけず[3]たしなみ居るに。御心づかせられ鯛《たい》のせゝり残しを残らず。とらよ〳〵と頭《あたま》撫《なで》[4]でながら下され鯹《なまぐさ》ものさへあればいづくゝの屋ねの上藏《うへくら》の隅《すみ》に居眠《ねふり》して居るにも。呼《よび》給ひし御心入うれしかりき。ある時御娘子《むすこ》[5]御平産《へいざん》ありし御見舞《まい》の留守《るす》には我独淋《ひとりさび》しき襖《ふすま》の中《うち》にたて籠《こめ》られ。一日一夜御寝巻《ねまき》の上に眠《ねふ》り。御帰りをまつにおそくはや腹《はら》に力なく。それより臺《だい》所へ出て見るに。いつもの蚫貝《あわびがい》には糒《ほしいの》[6]のごとくなりてあるをも。誰《たれ》あつて心を付るものもなく。あまりの事に膳棚《ぜんだな》にかゝり匂ひを尋る處に。少《ちい》さき青皿《あをざら》に飛魚半《とびうをなかば》を喰《くひ》[7]さしてありしを。手にてそろりと掻出《かきいだ》すを。此女はしり來り夕飯《ゆふめし》に添《そへ》んとおもふて置たるものをと。釘《くぎ》にかけたる摺小木《すりこぎ》をもつて肝心《かんじん》の鼻柱《はなばしら》をしたゝかにくわされ。絶入《せつじ》[8]する所を抓《つも》[9]んで放《ほうら》れ。忽眼《たちまちまなこ》くらみ三度《ど》舞《まふ》[10]ふ迄《まで》は叶《かなは》ず。息斷《いきたへ》ける時の一念《ねん》いづくへか行ん。扨骸《から》をば竊《ひそかに》[11]にせゝなぎ[12]の

(1)呼んで来させ。
(2)わけて。特に。
(3)食べたい様子を見せず、行儀よくしている。
(4)「なでで」ママ。
(5)「むすこ」ママ。
(6)「ほしいのの」ママ。前の食事の時の食べかすが。
(7)食べかけて。
(8)「ぜつじ」「ぜつじゆ」ともいう。気絶。
(9)ママ。つまんで。
(10)「まふふ」ママ。三度まわるまでもできず。
(11)「ひそかにに」ママ。
(12)溝。どぶ。

側《かたはら》に堀埋《ほりうめ》られ。[1]闇《くら》きよりくらき畜生道《ちくしやうどう》の輪回《りんゑ》をはなれず。其時隠居《ゐんきよ》様へは行方《ゆき》しらずと[2]詐《いつわり》りしうらみ。[3]なまなかかくなる事を聞せ給はゞ。跡《あと》をも吊《とふ》らひたまはらんものをと。さめ〴〵となげきぬ聞もの[4]了簡《れうけん》して尤《もつとも》の事に思ひ。しからば[5]いかやうにして退《のく》べきぞといへば。我《われ》に別《べつ》に望《のぞ》みなし一[6]生暖《しやうあたゝか》なる事をしらず。夏冬《なつふゆ》時をわかず[7]火《こ》撻《たつ》して此家《や》の内に置給はれ。扨朔日《ついたち》十五日節句《せつく》晦日《つごもり》には。魚節《かつをぶし》天樛《またゝび》を櫓《やぐら》の上に。備《そなへ》給はらば。只今速《すみやか》に退《のく》べしといふ時。夫《それ》は安き事[8]成程心得たりといへば。うれしき笑《ゑみ》をふくみ怡《よろこば》しき聲。にやう〳〵といふと氣色《きしよく》しづまりぬ。今にいたつて其家には。不《ふ》斷《だん》火《こ》撻《たつ》して置《おか》ねば祟《たゝ》りける彼時病人《びやうにん》。又口ばしる事あり我《われ》は同屋敷《やしき》の與九郎といへるもの。此女にたび〳〵執心《しうしん》書[9]詢《くどき》きて遣《つかは》しけるに。[10]つらからばたゞ一筋《すぢ》につらからで情《なさけ》まじりの僞《いつわり》をまことゝ思ひ。年の二とせ心を碎《くだ》き。[11]人目を關《せき》の明昏《あけくれ》わするゝ時なく。今は時節《じせつ》あしゝ今宵《こよひ》は勤《つとめ》に暇《いとま》なしと。根《ね》から否《いや》とも色に出《いだ》さず。それをば神《かみ》ならぬ身の[12]しら絲の。夜《よる》は焦《こが》れ晝《ひる》はもえ胸《むね》の煙《けふり》に立まよひ。[13]冨士《ふじ》は

(1)「拾遺集」「暗きより暗き道にぞ入りぬべきはるかに照せ山の端の月」による。暗きより暗きに迷う畜生道の境涯から、永久に浮び上がることができない。
(2)「いつわりり」ママ。
(3)かえって。いっそ。「聞せ給はゞ」にかかる。「せ」は尊敬助動詞。
(4)納得して。
(5)どのようにしたら退《の》くか。「退く」は、ついた物が落ちること。
(6)猫は非常に寒がりゆえいった。
(7)ママ。火燵。
(8)たしかに承知した。
(9)「くどきき」ママ。
(10)この所は「つらからばただ一筋につらからで情のまじる偽ぞうき」(「薄雪物語」の歌)による。
(11)人目に妨げられ、明けても暮れても。「関」は「塞き」の意と、「明け」を引き出す働きをかねる。
(12)「知らず」の意と、「縒る」と同音の「夜」を引き出す働きを持つ。
(13)「煙」から「富士」を出し、前出の「富士は議」の成語に続けている。「富士や浅間も何ならん君思ひねの胸の煙は」(隆達小歌集)。

思ひの礒涙《いそなみだ》に[1]浮身《うき》の沈《しづ》むにきわまりし時。既《すで》に命の絶行水《たへゆく》の柵《しがらみ》一夜は[2]とゞめてと。をとづれたるにも。つれなく[3]いなせの捨言《すてことば》もなく。食事《しよくじ》おのづからに[4]やみてこれをおもひ死《じに》。誰《たれ》か此うきを[5]とはん。今はうらみの一言《ごん》いふべきたよりもなく魂《たましゐ》は[6]大閣寺《かくじ》の墓《はか》にも留《とゞ》まらず冥途《めいど》にも往《ゆか》ず一念《ねん》。此女の影《かげ》の形《かたち》に添《そふ》て片時《へんじ》もはなれず。幸《さいわい》に此般《たび》の忹怪《ようけ》の縁《ゑん》にひかれて憤《いきどをり》をあらはす。たゞうらめしきは空《むな》しく果《はて》し後《のち》それとも思ひ出《いだ》しもせられず。今は取殺《ころ》して苦患《くげん》に沈《しづ》むとも呵責《かしやく》に逢《あふ》とも。共に黄泉《くわうせん》の旅《たび》の[7]假枕《かりまくら》。一度《たび》は此おもひを[8]はるべしといふ聲《こゑ》。はじめにかはりてあらゝかなる男の[9]五音《ごいん》。段ゝ《だん〴〵》理を責《せめ》ての物語聞《がたりきく》に哀《あわれ》を催《もよふ》せり。時に祈禱《きとう》せし僧《そう》。[10]随求《ずいぐ》光明《くわうみやう》大悲咒《ひじゆ》を繰返《くりかへ》し。此後は跡《あと》をも弔《とふら》ひ又は此女に出家《しゆつけ》をさせ。永《なが》き未來《みらい》[11]一蓮侘生《れんたくしやう》の契《ちぎり》を祈《いの》らすべしといふに。和尚《おしやう》の教化《けうけ》骨髄《こつずい》に徹《てつ》したりと。[12]発起《ほつき》菩提《ぼだい》の心を顯《あらは》して臥《ふし》ぬ。其後病氣《びやうき》右のごとく[13]本腹《ほんぷく》して此《この》事を問《と》ふに。覺《おぼ》へありといひしに。死靈《しりやう》のあり様をかたりて比丘尼《びくに》となし。[14]浮世《うきよ》を忘《わすれ》水清《きよ》き心の花をたて香《かう》を燒《たき》。人は煙《けふり》の種《たね》と消《きへ》し心根《こゝろね》思ひし

(1)「憂き」とかけことばで、また下の「沈む」と対になっている。
(2)「泊めて」と「止めて」の両義をかける。
(3)いなは否、せは諾。諾否。
(4)止みて。已みて。
(5)弔い慰めよう。
(6)不詳。
(7)はかない旅寝をして。
(8)晴るべし。はらそう。
(9)声音。
(10)随求経・光明真言・大悲咒の三部の陀羅尼。
(11)一蓮託生。
(12)菩提心を発起した様子をあらわして、また気が抜けたように、そこに臥してしまった。
(13)ママ。本復。
(14)「忘れ水」、「清き」、「心の花」は縁語。「浮世を忘れた清き心で水や花や香をたむける」の意。また「香を焼く」から「煙」を出し、「空しく火葬に付せられてしまった、男の心情が」と続けている。

られ其身かたくつとめて[1]苔《こけ》の衣《ころも》を露《つゆ》に絞《しぼ》り。今は煩悩《ぼんのう》かへつて善根《ぜんごん》になりぬ。されどもその験《しるし》には此比丘尼《びくに》墓《はか》所へ参度毎《まいるたびごと》に。石塔倒《せきたうたを》るゝ事の不《ふ》思儀《しぎ》や。[2]一念《ねん》五百生《ひやくしやう》。戯念《けんねん》無量劫《りやうごう》まことなるかな。我《われ》此所に夏《なつ》の比《ころ》一宿《しゆく》して西海殘《さいかいのこ》らず廻《めぐ》り。同年《おなじとし》の[3]雪《ゆき》の山見し時。ふたゝびこゝに來て此女の物がたりを聞《きゝ》。世にはかゝる例《ためし》もある物かはと。彼石塔《せきとう》のもとに行。見ぬ其人の跡《あと》を[4]吊《とふら》らひて歸りぬ。今に倒石塔《こけせきとう》とて名《な》は大閣《かく》寺の庭《には》の叢《くさむら》に殘《のこ》れり

枕《まくら》は殘《のこ》るあけぼのゝ縁《ゑん》

[5]奈良坂《ならざか》や[6]露時雨《つゆしぐれ》のみして[7]児手柏《このてがしは》の色付。雲霧《くもきり》の二面《ふたおもて》に渦巻《うずまき》[8]鯉《こい》の形《かたち》せる山もさら也[9]。春日《かすが》の里《さと》三条通《どをり》に軒《のき》の松としふりて。むかし[10]宗親《むねちか》といへる小《こ》鍛冶《かじ》の住《すみ》けるほとりに。纔《わづか》なる煙《けふり》今もたてゝ板屋《いたや》かすかなる所に。しる

(1)衣の袖を露にぬらしながら墓参りをし。

(2)「戯念」は「繋念」が正しい。大智度論の句。一度悪念を抱くと五百生その罪は消えず、情念に執する時は無量劫の罪を受ける。

(3)山に雪が積った時。冬。

(4)「とふらひて」ママ。

(5)奈良坂は奈良市北郊。「古今集」雑「神無月時雨ふりおけるならの葉の名におふ宮の古事ぞこれ」。「永代蔵」一の五「時雨降行奈良坂や」。

(6)露が一杯におりて、時雨が降ったようになること。

(7)「万葉集」十六「奈良山の児手柏のふたおもてかにもかくにもねじけの人のとも」。謡曲「百万」「奈良坂の児の手柏の二面兎にも角にも佞人の」。

(8)不詳。

(9)いうまでもない。いよいよその形にふさわしいことになるの意か。

(10)上文の三条をうけて、三条小鍛冶宗近を出したのであろう。宗近は京都三条の刀工。一条帝の御代の人。

べの人ありて尋《たづ》ねて一夜《や》をあかし。枕《まくら》[1]に行燈《あんどう》の影《かげ》うつりて飛火野《とぶひの》[2]の秋の風。尾《を》花が袖《そで》の淋《さび》しさを旅《たび》のならひとおもへば也。漸ゝ《やうく》三笠《かさ》山に朝《あさ》日の出しより。乾井《かすり》[3]の水をむすびて目をさますなど。朝《あさ》[4]ぎよめの宮廻《みやめぐ》りこゝろざして詣《まふ》でけるに。櫟椙村《いちゐすぎむら》の奥《おく》ふかく殊勝《しゆしやう》さの外《ほか》よりまさり。白張《しらはり》[5]の袂《たもと》を飜《ひるがへ》し烏《ゑ》帽子《ぼうし》おかしげなる様したる。八百[6]八《や》弥宜《ねぎ》の皃体《かほつき》みなかはりて世の中の廣《ひろ》き事のみおもはれ。我《わが》[7]ちかづきは都《みやこ》に見たる。爰《こゝ》も紅葉《もみぢ》[8]の洞《ほら》とて弊《ぬさ》[9]とりあへず神前《しんぜん》[10]に頭突《ぬかづき》。後《うしろ》にまわれば八重櫻《へざくら》の春おもひつる三月堂《だう》二月堂にあがりて。抑〳〵《そも》[11]此觀音《くわんおん》は孝謙天皇天平勝宝《かうけんてんわうてんぺいしやうほう》四年御草創《ごさうく》有。宝字《ほうじ》[12]四年二月十五日よりはじめて行《おこなは》れける。今に續杰《たいまつ》[13]の奇特《きどく》燈心燃《とうしんもへ》ざる事ぞあやしき。其外不思儀《ふしぎ》の多《おほ》き事いふに暇《いとま》あらず。殊更本堂《ことさらほんどう》に籠《こも》り七日の断食《だんじき》する輩《ともがら》ねがひ成就《じやうじゆ》せざるといふ事なし。嗟《あゝ》[14]二仏中間《ぶつちうげん》の利益《りやく》は此菩薩《ぼさつ》にとゞまらせ給ひぬるよと。神《たましひ》冥《めい》[15]じてありがたく法施《ほつせ》奉り歸るさの南《なん》[16]堂を拜《おが》めば。役僧集《やくそうあつま》りて物がたりするをきけば昨日《きのふ》の事。独《ひとり》は三条通り晒屋《さらし》傳十郎とて角前髪《すみまへがみ》[17]。器量《きりやう》人に秀《ひいで》ならびなき美男《びなん》。ふか

(1)枕辺の行燈の光がちらちらするにつけて。下の「飛火」に燈火のちらつくを利かせるか。

(2)春日野の異称という。ここは「飛火野の秋の風に、すすきの穂のそよぐ淋しさを思い、それも旅の習いだから仕方がないと思えばそれなりに気持もおちつくことだ」の意。

(3)奈良橋本町にあり、弘法大師の掘ったという四十八井の一。

(4)朝掃き清めた春日明神の末社めぐりを。「みやめぐり」ママ。

(5)糊をこわくつけた白布の狩衣。

(6)祢宜の数の多いこと。「弥」は「祢」が正しい。神官。

(7)自分のなつかしく感じたのは、京都のそれ同様、紅葉の一面に覆っている、ここも「紅葉の洞」と呼ばれた勝景で（固有名詞とまでは行かない）。

(8)洞の紅葉ともいう、京、奈良それぞれ持つ紅葉の勝景名らしい（「二代男」四の五「二十不孝」五の二「男色大鑑」一の二）。

(9)百人一首の菅公の歌による。

(10)手向山八幡宮であろうが、そうすればそれは寛永十九年に火災にかかり、黒木の神殿に移され、再興は元禄四年であって、フィクションということになるか。

(11)十一面観音を本尊とする二月堂をさす。なお、二月堂は寛文七年焼失、同九年再建された。大観音等、火中にあって損われなかったという。

(12)「続々群書類従」の「和州旧跡幽考」によれば涅槃会は宝字五年からとある。

(13)二月堂の修二会のいわゆる「お松明」の行法をさしている。夜の闇に廻廊をふりまわしながらまわる大松明の火の粉も、達陀八天の妙法も火事の恐れがないというのだろう。

(14)釈迦入滅後、弥勒が出現するまでの中間時。この期間は無仏の世である。

く祈誓《きせい》かけて此堂《どう》にこもる子細《しさい》は。手貝《てがい》[1]の白銀《しろがね》屋喜平次《きへいじ》娘《むすめ》おさんとて姿《すがた》も見ぐるしからず。十人は七八人も好程《すくほど》の生《うま》れつきなるが。此傳十郎と悩《なつ》[2]み深《ふか》く枚通《すつう》かき詢《くどき》てつかはしぬるに。いかなる因果《いんぐわ》か其いやなる事。胸《むね》につかへて物も喰《くは》[3]れず。随分無義道《ずいぶんもぎどう》に返事《へんじ》すれども此女中〳〵にもおもひきらず。あわれ大慈《じ》[4]大悲《ひ》の御影《かげ》にて。彼女のふつ〳〵思ひきるやうにとねがひをかけて。東《ひがし》の片隅《かたすみ》に掟《おきて》なれば紙帳《してう》[5]釣《つり》て篭《こも》りぬ。また西の方は花薗《はなぞの》[6]町墨《すみ》屋外記《げき》娘《むすめ》おしな。美形《びけい》[7]此所に沙汰《さた》あるほどの器量《きりやう》。心をかけぬはなかりき。ある時酒《さか》[8]屋門十郎といへる風流男《やさおとこ》に見初《そめ》られ。みるから好《すか》ぬ風《ふう》な厚鬢《あつびん》[8]と思ひしに。出入比丘尼《いるびくに》を頼《たの》みて是も思ひの数《かず》かきつゞり。今は千束《ちづか》にあまれども身毛《け》よだちてうとましく。たとへ流《ながれ》[10]の女となるとてもあの男とはいやなるに。しつこく文を越《こす》を。手にさへとらねど[11]おもひやまず。とても詮《せん》なき事に化名《あだな》たちてはよしなや。かさねては文見るにおよばず返《かへ》せど。いやましの恋草露《こひぐさつゆ》[12]の命《いのち》のあらんかぎりはと。いひこしたるが病《やまひ》[13]となり。同《おな》じく此男に思ひきらせたび給へと。紙帳《してう》の

(15)銘じて。
(16)三月堂の南どなりにある堂。善導大師作の五劫思惟の像などがある。
(17)前出。元服前の少年が前髪の生際を角に剃り込んだ髪風。半元服。
(1)奈良の転害（てがい）門の付近の町名。
(2)「を」か「に」とあるべき所。
(3)「くはれす」ママ。
(4)観世音。
(5)紙製の蚊帳。
(6)奈良市の町名。
(7)美人。
(8)商売物の酒や、前文の晒、墨などは奈良の名産。
(9)鬢を厚くした、上品だが野暮な髪風。
(10)遊女。
(11)先方の男は恋慕して已まない。
(12)「新古今集」清水観音の御詠「なほ頼めしめじが原のさしも草われ世の中にあらんかぎりは」による。
(13)苦労のたね。

中《うち》に斷食《だんじき》して。両人《りやう》の願《ねが》ひ微塵《みぢん》もちがはざる事もふしぎ也。七日のうち願《ぐわん》成就《じやうじゆ》せざれば[1]爲飢《ひだる》き苦《くるしみ》たへがたく。叶《かな》へば五体《ごたい》草臥《くたびれ》ざるよしいひつたへし。さる程に此二人の者《もの》昼夜《ちうや》[2]普門品《ふもんぼん》を百巻《くわん》づゝ繰返《くりかへ》し信心《しんじん》[3]强盛《ごうじやう》に。祈《いのり》をかけし一念《ねん》豈《あに》むなしからんや。既《すで》に七日満《まん》ずる曉《あかつき》の雲《くも》のひかり音樂《をんがく》空《そら》に聞《きこ》へ[4]内陳《ないぢん》より白髪《はくはつ》たる老翁《らうおう》手に。[5]水精《すいじやう》の百八丸《ぐわん》。蓮華《れんげ》に持《もち》そへながら枕《まくら》にたゝせたまひ。兩人のものに告《つげ》させ給ふは汝等《なんぢら》がねがふ所あまり底心《そこしん》から[6]丹精《たんぜい》を抽《ぬき》んずるゆへに納受《なうじゆ》するなり。其證據《しやうこ》として是をとらするぞ。おもふまゝなる事せよと天鵞兎《びろうど》の長枕《ながまくら》を給《たま》はると見て。夢はゆめにて覺枕《さめまくら》はまことの枕。二つの紙帳《してう》のあいにあり。是は有がたしと[7]門十㫮急《いそ》ぎ這出《はい》て取《と》らんとすれば。おしな是を見てそこな男は[8]狼藉《らうぜき》をする。それは此ほうにねがひ有て觀音《くわんおん》様から貰《もら》ひましたと引取を。[9]門十㫮こちも御夢想《ごむさうかうふ》蒙りての事。斷食《だんじき》して力《ちから》はなけれど。こなたの力に劣《おと》らんやと引合ければ。おしな涙《なみだ》をながし聲《こゑ》たてゝかなしや大事《だいじ》の物をやるぞ思ふまゝなる事せよと仰《おふせ》られた此枕《まくら》を。人にとらるゝ事の口惜やとい

(1) 空腹の。
(2) 前出。巻三の二。
(3) 勢いの強く盛んであること。
(4) ママ。内陣。
(5) 水晶の珠数。
(6) 祈願に丹精を尽すゆえ。
(7) 「傳十郎」の誤り。
(8) ママ。狼藉。
(9) 「傳十郎」の誤り。

ふに。寺僧《じそう》かけ付是は何事と段〻《だん〴〵》聞て。既《すで》に二人の心にいやなものはねがひのごとく止《やむ》[1]べし。其上に此枕一つを二人に下さるゝからならべて寝《ね》よとの御媒《なかだち》。しかも年比《としごろ》[2]もよひ夫婦《ふうふ》さあ各〳〵《おの》の分別次第《ふんべつしだい》といへば。互《たがい》におとらぬ美男美女《びなんびじょ》此詞《ことば》に氣《き》を付目を見合てはなれぬ夫妻《ふさい》となりける

誰《たれ》かは住《すみ》し荒《あれ》屋敷

爰《こゝ》は下總《しもつさ》[3]の須賀《すか》[4]山むかしはいかなる人か住《すみ》けん。四丁ばかりの石垣半《がきなかば》崩《くづ》れかゝり。茅花雑《つばなまじり》[5]の菫原《すみれはら》に器《うつは》の闕《かけ》のみして物の哀《あわれ》も折からこそまされ。化《け》[6]して路傍《ろばう》の土となり。年〻春草生《ねん〳〵しゆんさうしやう》ずと。いへるも眼前《がんぜん》[7]の境界《きやうがい》ぞかし。側《かたはら》に草《くさ》の庵《いほり》のいぶせきに八十《やそじ》に二つ三つたらぬ翁《おきな》の。艸鞋《わらぐつ》を作《つく》りて世をわたる營《いとなみ》と見えて。膝《ひざ》の下《もと》に石火鉢《ばち》古綴《つゞれ》の火繩《なは》わづかに煙《けふり》をたてゝ。絞《しぼ》[8]り莨菪《たばこ》を樂《たのし》むより外に。おのづから求《もと》めすくなきは自然《しぜん》と聖賢《せいけん》の似世《にせ》[9]

(1) 止(や)まるだろう。
(2) 年頃も似合いの夫婦。
(3) 「しもつさ」ママ。
(4) 千葉県香取郡、今は鹿之戸と合して笹川村となる。
(5) 「堀河院御時百首和歌」「昔見し妹が垣根は荒れにけりつばなまじりの菫のみして」による。直接には、次の「白氏文集」の句とも「徒然草」によっていよう。また「物の哀……こそまされ」の形も同第十九段によるか。
(6) 「白氏文集」の一節「古墓何代人、不知姓与名、化作路傍土、年年春草生」。
(7) 眼の前に眺められる環境である。
(8) 不詳。「武道伝来記」八の三に「絞り煙草入」(しぼ紙製の煙草入)というのがあるので、「絞り煙草入の煙草」とあるべき所かも知れない。なお「煙をたてゝ」は上、下にかかるほか「わづかに」で炊煙の細さも利かせた。また、「石火鉢」は瀬戸物火鉢。
(9) まがい者。

物なるべし。立よりて上總《かづさ》への道筋《みちすぢ》[1]を次而《ついで》に。是なる屋敷はいかなる古き跡《あと》なると問《とへ》ば。語《かた》りぬ。昔時《そのかみ》此所に高塚沖《つかおき》之進《しん》とて代《だい》ゝ爰《こゝ》を領《れう》じたまひ御家《いゑ》の繁昌《はんじやう》に時《とき》を得て。隣國《りんごく》の太守《たいしゆ》の娘《むすめ》を嫁《めと》りけるに此奥《おく》[2]。ある夕《ゆふべ》より氣色例《きしよくれい》[3]ならず床《ゆか》に起臥《おきふし》なやみて。今際《わ》の時御念仏を進《すゝめ》て。久しく垢《あか》づきたる蒲團《ふとん》を取かゆるに。お乳姥《ちうば》御枕《まくら》の下《した》より物かける杉原《すぎはら》[4]一枚《まい》取出すとあきれし皃《かほ》して。其儘《まゝ》懐《ふところ》に押入《をし》側《かたはら》に行てよく〳〵見れば。廿二才の女の姿《すがた》を書て四十四の骨《ほね》〴〵に明《あき》どもなく。針《はり》を立並《たてならべ》。さもすさまじき調伏《てうぶく》[5]の形《かたち》。身の毛《け》よだちて怖《おそろ》しく。其着《きる》物の色下《した》に黄《き》[6]むく白《しろ》むくの衣紋《ゑもん》[7]。上《うへ》には芥《け》[8]子《し》鹿《かの》の子《こ》の少古《すこしふる》びて。菊流《なが》[9]しの模様染《もやうぞめ》。帯《おび》の寄金皃《よりきんかほ》[10]だち目元《もと》の上脇《うはわき》に痣《ほくろ》のあるまでありく〳〵と書《かき》たるは。其儘奥《まゝおく》さまのいきうつし。思へば此度《たび》の御煩《わづら》ひ是はいかなるものゝしわざならん。扨も悲《かな》しきうき目見る事よ。おちいさき時より今まで撫育《そだて》奉りて。御心も人にすぐれさせ給ふに浅《あさ》ましき此ありさま。穿鑿《せんさく》せでは堪忍《かんにん》成がたしと。竊《ひそか》に沖《おき》之進《しん》に語《かた》ればそれは憎《にく》き仕《し》かた紏明《きうめい》の仕様《しよう》ありといふうちに。奥《おく》様の

(1) 道筋を問うついでに。
(2) 奥方。
(3) 気分がすぐれず。
(4) 奉書に似た紙。もと播州杉原産。
(5) まじないによって、のろい殺すこと。
(6) 表裏全部、無地の同じ色で仕立てたもの(主としては白)を「むく」という。
(7) 衣服。服装。
(8) 「かのの子」ママ。ごく細かい鹿の子絞り。
(9) 「俚言集覧」に「小町踊」の「雲水にこよひの月や菊流」の句をひく。菊花に流水をあしらった模様であろう。
(10) 縒金。金の切箔を絹糸によりつけたもの。

御氣色《きしよく》[1]かはり給ひて。立さはぐうちに息《いき》引とらせられ。廿一才[2]惜《をし》む人はかならず死《し》するならひ。なげきて歸らず野邊《のべ》の烟《けふり》とはなしぬ。此事七日たつと詮義《せんぎ》するにまづお寢《ね》所に相つめたるものならで。お枕《まくら》下にはおかぬはづなれば。腰元《こしもと》のゐん。お梳《かんあげ》[3]のもん。かぶろ[4]共は除《のぞき》て此兩人のうちなるべしと。竊《ひそか》に奥《おく》の一間《ま》に呼《よび》よせかやうの事よそよりするわざにあらず。きわまつて二人の中にまがひなし。子細《しさい》はやく白狀《はくじやう》せずんばあらゆる責《せめ》にかけても。いわせねばおかぬがといへども元《もと》より此ものどもそのおぼえなければ。口を揃《そろへ》て是はもつたいなき[5]御意《ぎよい》を蒙《かふむ》る。身にさら〳〵おぼえなければ。たとへいかようの責《せめ》に逢《おふ》とても。申べき事なし。つね〳〵奥《おく》様の御心《こゝろ》やはらかにまし〳〵こまかに御氣《き》づかせられし御恩《をん》[6]の報《ほう》じがたなく。御はてあそばしてより。只今のかなしさこそ一かたならね。歸《かへつ》[7]ておもひよらざる[8]御あらためいかなる因果《いんぐわ》と。泪《なみだ》をながし聲《こゑ》を揚《あげ》て渧《なき》出すを。何程にちんじて[9]もおのめ[10]を其まゝ置べきか。とても[11]やはらか成《なる》うちには。いふまじき氣色《きしよく》に見えたり。それ責《せめ》よと下知《げぢ》をなし大裏《おうら》

(1) 容態が急変なさって。
(2) 僅か二十一才で亡くなられた。惜しく思われるような人は、必ず早死するのが常で。
(3) 御髪揚。
(4) 召使いの童女。
(5) めっそうもないおことばを承ります。
(6) 直前のN音にひかれて、「を」が「の」となったもの。
(7) 却って。
(8) 御取り調べ。
(9) 陳じても。
(10) 「おのれめ」の誤りか。
(11) やさしくしている間は。きびしく責めないうちは。「とても」は「どうしても」の意で、「いふまじき」にかかる。

の椋《むく》の木《き》に縊付寒《くゝりつけさむ》き嵐《あらし》に脚布《ゆぐ》ばかり。三日の間《あいだ》水をも飲《のませ》ず。随分《ずいぶん》術《じゆつ》[1]なき責《せめ》をたくみて是[2]を思ひしれと。内股《うちもゝ》よりはじめて針《はり》をさしこみける此つらさ。見ぬ後《のち》の世の劔《つるぎ》の山[3]はなまなか命のはやく消《きえ》んものと涙《なみだ》にくれて。死する事は定業《でうごう》[4]なるべきが。いかなる悪事《あくじ》をたくみて。此ごとく殺《ころさ》るゝと。たゞ人の[5]心底《しんてい》に嘲《あざけ》られん事の口をしといへば。まだ責《せめ》のかろくやあらんと。堀《ほり》の深《ふか》く湛《たゝへ》し所に。尻に石を絞《くゝ》り付て追込首《おひこみくび》ばかり出させ置《おけ》[6]る。比《ころ》は十二月廿二日殊更《ことさら》其近年稀《きんねんまれ》成寒《かん》じやう。雪《ゆき》は降《ふ》らずして竹の破《わ》るゝ音昼夜止《をとちうややま》ず。あの山かげの瀧氷《たきこほ》りて音絶《おとたゆ》るばかりなるに。二人は水の中に一日一夜は息《いき》[7]の通《かよ》ふ程念仏して。五日目の夕昏《ぐれ》に両人聲《こゑ》をあげ。科《とが》なき事に一命を取《とる》。主《しう》なればとて非道《ひどう》はたつまじ[8]。此一念《ねん》つゐに思ひしらすべし。無念《ねん》や口をしやと詈《のゝし》りながら其堀《ほり》[9]水の泡《あわ》と消《きへ》ぬ。此女の兄弟《きやうだい》はあれど主命《しうめい》ちからなく。過ぬる月日[10]沖之進《おきしん》今はめしつかひの下女あまた用《よう》なければ。皆〻《みなく》御暇《いとま》給はる内に物縫《ぬひ》のゆたは。御病中《びやうちう》より其[11]身も煩《わつら》ひ程經《へ》て里に歸りしが隙《ひま》つかはさるゝにつき着替《きがへ》共取に來り。

(1)せつない。つらい。
(2)この苦痛を身にこたえよ。
(3)却って早く命がなくなろうから(苦しみも少ないだろう)。
(4)定まった寿命。
(5)人々の、私に対するおさげすみが残念。
(6)「置きける」とあるべきところ。
(7)まだ死なないで生きていて、虫の息ほどの念仏を唱え。
(8)許されないだろう
(9)堀水・泡・消(ゆ)は縁語。その堀で、はかなく死んでしまった。
(10)そのまま月日が過ぎたが。
(11)自分の身も。

私《わたくし》が手馴《なれ》し大事の針《はり》が見へませぬ。お乳《ち》の人に[1]穿義《せんぎ》し給はれといへば。針《はり》程の物が何と[2]せんさくがなる物ぞといふに。それは百五十里あなた京の[3]みすや伊豫《いよ》が上磨《じやうみがき》。男なれば刀脇指《かたなわきざし》と同《おな》じ私が針《はり》といふに尤《もつとも》なり何にさして置《おき》たるぞと問《とへ》ば。それは隠《かく》れもない奥《おく》様の御煩《わづらひ》まへに下されたる。[4]衣裳繪《いしやうゑ》の雛形《ひながた》にしかも七本さしてといふに。お乳《ち》はつとおもひあたり彼呪咀《のろひ》たる繪《ゑ》を出して是かといへば。成程これ〱と[5]嬉《よろこび》びて歸りき。扨は責殺《せめころ》せし女には科《とが》なかりし物をといひてかへらぬ非道《ひどう》其年《とし》たゝずお乳《ち》頓死《とんし》をし。沖《おき》之進《しん》は其翌年《よくねん》怖《おそろ》しや氷《こほり》の劔身《つるぎ》を通《とを》すと叫死《わめきじ》にして消《きへ》。跡《あと》は散〻《ちりぐ》に潰《つぶ》れて財宝《ざいほう》[6]春の雪《ゆき》のごとく萠出《きざし》る草[7]原《はら》なれり。是を思へばたしかならざる事に人をうたがひ。[8]鼻《はな》のさきなるは女の心より[9]針《はり》を棒《ぼう》に取なせしわざ也。今に其屋敷殘《のこ》りて雨《あめ》の夜《よ》[10]そ月ふる月には化《け》したる姿《すがた》見ゆるよし。[11]拔苦与樂《ばつくよらく》の資糧《しりやう》にもと。法華經《ほけきやう》の[12]提婆品讀《だいばほんよみ》て通《とを》りぬ

(1)詮議。さがすこと。
(2)穿鑿。さがすこと。
(3)京三条河原町の有名な縫針屋。御簾屋福井伊與。
(4)衣裳の柄や染色の見本用の姿絵。
(5)「よろこびひて」ママ。
(6)春の雪のように消え、屋敷の地内は、春ともなれば草の萠え出る荒野原に。
(7)ママ。草原となれり。
(8)女の思慮のただ目先のことばかりにとらわれるのを、諺に「女の智慧は鼻の先」などという。「鼻の先であるのは女の心で、そのような女の心から」の意。
(9)「針小棒大」の諺に、事件のもとになった「針」を利かせている。
(10)「そぼふる」の誤りであろうが、他にも誤字があろう。不詳。
(11)「抜苦与楽」は仏教の語。「資糧」は路粮のことであるが、ここでは、「成仏する助けにもなれかしと思って」の意であろう。
(12)提婆達多品の略。法華経中もっとも功徳のすぐれたものとされている。

懐硯巻四

大盗《ぬす》人入相《あい》の鐘《かね》

山寺《でら》は物の不自由《ふじゆう》なる事こそおほけれ。錢《ぜに》有ながら豆腐《とうふ》菎蒻賣《こんにやくうり》も絶《たへ》て。酢《す》將油《しやうゆ》にさへ事を欠《かく》のみ。爰に越後《ゑちご》[1]の國立《たて》山のほとりに。嶺梅庵《れいばいあん》とて常《つね》は人の通《かよ》ひも稀《まれ》〳〵なる草の戸《と》の明暮《あけくれ》[2]。吐雲《とうん》といへる独《ひとり》法師よろづ吴風《いふう》に紙衣《かみぎぬ》[3]の襟《ゑり》をも折らず。清貧《せいひん》をのづからの樂《たのしみ》となして世塵《せちん》を貪《むさぼ》らず。朝《あした》に一飯《ばん》あれば夕《ゆうべ》には素湯《さゆ》醊《すゝ》るに薪《たきゞ》なく。ある時其麓《ふもと》の里より心ざし[4]あるよしして。齋料《ときれう》[5]調菜《てうさい》を。送《おく》りて施《せ》[6]を行《おこな》ひたるその明《あけ》の夕。隣國《りんごく》にあばれし夜盗《よたう》六人此庵《いほ》に押《をし》入て見るに人ひとりもなければ。此屋には主《あるじ》はなきかと評判《へうばん》[7]する時。吐雲古《とうんふる》き皮篭《かはご》のうちより誰《たれ》なるぞさはがしや。あまり寒《さむ》きに爰《こゝ》に風を防《ふせ》ぎて居《ゐ》るといへば。みな〳〵是を聞て此過賄仕《すぎわいし》[8]はじまりてから。寝《ね》道具《だうぐ》ひとつなき貧家《ひんか》にはいりたることなし。せめて湯《ゆ》なりとも沸《わか》して飲《のむ》べしと無興《ぶけう》[9]すれば。吐雲葛籠《とうんつゞら》の中より湯《ゆ》より酒がそこ〳〵

(1) 越中とあるのが正しい。
(2) 朝夕。「明」は「戸」の縁語。「草の戸」は草庵。
(3) 紙子。
(4) 法事を行なうということで。
(5) 精進物の料理。
(6) 布施。
(7) ここでは「ささやき合う」「話し合う」の意。
(8) この商売をはじめてから。
(9) いやな顔をすると。不機嫌な様子をみせると。

の棚《たな》の隅《すみ》にあり。煖《かん》をしられたらばおれも一つ相伴《せうばん》すべしといふに。扨は[1]氣の透《とを》りたるあるじと打甘《くつろ》ぎて。終夜《よもすがら》仏事《ぶつじ》の殘《のこ》りを賞翫《しやうぐわん》して。四方《よも》山の雜談《ざうたん》になり此酒たゞ飲《のむ》べきにあらず懺悔《さんげ》して[2]後生《ごしやう》にすべしと。上座《かみざ》の男より語《かた》りけるは。我そのかみは出羽《では》の國秋田《あきた》の城下《じやうか》に梅倉徳《むめくらとく》介とて氏系圖《うぢけいづ》家中《かちう》に肩《かた》を竝《ならぶ》るものなかりしに功《こう》なくして祿《ろく》を不足《ふそく》におもひ。拾一年虚病《きよびやう》を構《かま》へ[3]一年に一度《ど》の礼《れい》にもあがらず。[4]比は櫻咲《さくらさく》山陰《かげ》に女房《にようばう》子共伴《ともな》ひ。[5]京を心に慰《なぐさ》み花見て歸る夕暮《ゆふぐれ》。[6]乗《のり》物つらせて運《はこ》びける所に。國の家老《からう》の[7]歩行《かち》若黨《わかとう》五六人酒機嫌《きげん》とは見へながら。此女まじりなる中に戯《たはふ》れかゝり無左法《ぶさはう》かず〱なるを見かね。向《さき》に進《すゝ》む大男めを切倒《たを》せば。殘る五人拔《ぬき》合せたるをまた三人討《うつ》て捨《すて》。此よし奉行所《ぶぎやうしよ》へ訴《うつた》へしにまづは手柄《てがら》と讃《ほめら》れ。[8]自《みづから》 を[9]仕《つか》まつりたり今の世には軍《いくさ》なし。これを[10]武邊《ぶへん》と自慢《じまん》心なる所へ。家老《からう》中よりの使者《ししや》として。只今登城《とうじやう》すべしとの事。扨は褒美《ほうび》の仰《おふ》付《せ》られか知行《ちぎやう》加增《ぞう》かと悅《よろこ》びて。城《しろ》にあがれば遠崎兵庫介《とをさきひやうごのすけ》立出て此たびの手柄《てがら》申ばかりなし。扨殿《との》に仰《おふ》せ出さるゝは。数年《すねん》の病氣《びやうき》に似合《にあは》ざる達者《たつしや》。

(1) 気の利いた。さばけた。
(2) 後生のために。死後罪を助かるように。
(3) 城に年賀に参上することであろう。
(4) 頃は桜咲く頃で、桜咲く山陰に。
(5) 京の春景色を心に偲びながら慰み。
(6) 開き戸のついた上等な駕籠。武家・婦人・僧侶・医者などが乗ることを許された。
(7) 徒歩で仕える下級武士。
(8) 自分のことを。
(9) (我ながら) よくやった。
(10) 武道に関係した事柄。武道。

[1]僞《いつわり》なくして 僞《いつわり》 ある。に似《に》たり。直《すぐ》に[2]改易《かいえき》に仰付《おふせ》らるといひわたさるゝに。力落《ちからおち》て此面目《めんぼく》[3]なき忘《わす》られず。それより縁類《ゑんるい》の方《かた》へも往《ゆき》て詞《ことば》なく。かへつて過《あやまち》をかたることの耻《はづか》しさに。野にふし山に夢《ゆめ》見て。[4]命つれなきに粮《かて》はたくはへず。むかしの義理外聞《ぎりぐわいぶん》も[5]入らず吟《さまよ》ひありくうちに。野辺《のべ》のおくりの[6]枕飯《まくらいひ》といふものをちよつと盗《ぬすみ》そめて。今はそれに[7]なりかたまりしと語りぬ。今壱人は関東《くわんとう》の[8]學寮《がくりやう》に十四才より師《し》の坊《ばう》の前《まへ》[9]をはしり出で[10]托《たく》鉢《はつ》に飯料《はんれう》を求《もとめ》て七年の勤學《きんがく》。[11]所化《しよけ》あまたの中に秀《ひいで》たりと人もさたし。後《のち》には[12]いづれの本寺《ほんじ》の和尚《おしやう》にかすはり給ふべしと。[13]いはれける夕の窓《まど》の下《もと》に。意魂《こゝろだま》を書《しよ》にうつして繰《くり》かへす夜《よ》はほの〴〵と。[14]あかり窓《まど》にはりし反《ほん》故《ご》をみれば。かすかに假名《かな》文の[15]はづれ其水茎《ぐき》の[16]ながれに消《きゆ》る思ひ。命とる程にかきつゞりたるは。[17]なれし中〳〵のちぎり誓《ちか》ひしてかはらじと見へしは。[18]祢宜町《ねぎてう》にかくれなき[19]玉川の何某《なにがし》と。其末《すへ》は消《きへ》ながら[20]是に心うかれそめ。何とやらおもしろき其[21]ゆかりのしたはれ。假初《かりそめ》に通《かよ》ひ馴《なれ》。度《たび》かさなるに色には染《そめ》やすく。[22]花紫《むらさき》の一もとに學文《がくもん》こゝろにのらず。[23]資《し》縁《ゑん》

(1) 病気が偽りでないにしても、偽りがあるようだ。
(2) 俸禄・邸宅を取上げる刑罰。蟄居より重く、切腹より軽い。
(3) なきこと。
(4) 命は生憎死にもしないのに。
(5) いらないと捨てて。
(6) 死人または新墓に供える飯。
(7) すっかりなってしまった。
(8) 寺院の、弟子の修学所。
(9) 多分、田舎の寺の和尚のところを飛出して、学寮に入りこんだのであろう。
(10) ママ。托鉢。托鉢に出ての意。
(11) 寺で修行中の僧。
(12) どこの本山の和尚におなりになるだろうか。
(13) いはれける。ここで切れる。
(14) 「あかり」は上、下にかかる。
(15) はし。
(16) 「水」の縁語。流麗な筆の手紙に。
(17) なれた仲の深いちぎりの誓いをして。
(18) 前出。堺町。よみ方は「ねぎまち」が正しい。
(19) 玉川千之丞であろう。そうとして、前項を註した。巻一の三参照。
(20) 文反故。
(21) 縁。歌舞伎若衆との恋（男色）。
(22) 「ゆかり」、「色」、「紫」、「一もと」は縁語。「花紫」といったのは、歌舞伎若衆は紫帽子をかぶったからである。「一もと」には一人の若衆の意をにおわせた。
(23) 生活のたより。生活費。

の少《すこしき》なるに書物買《しよもつかは》ずこれに打入隣《いれとなり》の僧《そう》の[1]七條《でう》かりて二度《ど》かへさず[2]代《しろ》なして首尾《しゆび》を調《とゝの》へ。生《うま》れ付如在《じよさい》なくて[3]大笞者《はづもの》といはれ[4]法中《はうちう》に嘲《あざけら》れ學寮《がくりやう》に彳亍《たゝずみ》ならず。終《つい》[5]帷子《かたびら》一巻《くわん》に[6]ふきあげての上《うへ》。悪名《あくみやう》ばつとたち追放《ついはう》せられ。こゝへもよせられず。彼地《かしこ》も塞《ふさが》り漸《ようやく》[7]法券《はつけん》の僧《そう》の寺持《もて》るをさいわゐに尋《たづ》ね行無理《ゆきむり》に蹋《にじ》り込《こみ》[8]詞堂銀《しだうぎん》を放《はつ》して夜脱《よぬけ》して。次第《しだい》に功《こう》つもり今はかくの如《ごと》くなり下《くだ》りぬ。又壱人は伊賀《いが》の國久村《くむら》の右衞《ゑ》門太郎とて。田畠《はた》五町[9]作《さく》徳《とく》大分《ぶん》なりしも。[10]皆濟《かいせい》時には[11]横《よこ》に寝《ね》て幾度《いくたび》か[12]水籠《みづらう》に打こまれ。[13]未進首《みしんくび》だけにもおどろかず。此[14]誑惑《わうわく》天に通《つう》じけん一歳《とせ》の洪水《こうずい》に[15]榮《さかへ》の秋を頼《たの》みし五月の末に。ありたけの[16]早苗田《さなへだ》をひとつも殘《のこ》らず。流《なが》され。其荒《あれ》田買手《かいて》さへなく雑穀《ざこく》すこし山畠《はた》に作《つく》り置《おき》たるもまた旱《ひでり》に。青葉《あをば》冬枯《ふゆがれ》のごとくにしなされけるにも人夫《にんぶ》雇《やと》ふべき力《ちから》もなく。よそには水を取つて耕作《こうさく》忽《たちまち》[17]生《いき》かへりぬる羨《うらやまし》く。此時[18]分別《ふんべつ》の仕《し》はじめに我ものいらずにたゞ取事《とる》を思ひつけ。隣《となり》の[19]畠《はた》に水一ぱい湛《たゝへ》しを。夜のうちに畛《あぜ》を切落《おと》し[20]おのれと崩《くづれ》しやうに拵置《こしらへをけ》ば人のは干潟《ひがた》となしぬ。是よりよき工夫出來《くふうでき》たりと。此類《るい》

(1)七条の袈裟。七幅で作ったもの。
(2)売りとばして都合を調え。
(3)無責任なでたらめな奴。
(4)宗門中。
(5)帷子一枚というべきところを坊主であるから経文のように一巻といった。
(6)ぱっと散財した結果、上のような身となる。
(7)同一法門を学修する僧。「法眷」が正しい。
(8)「祠堂銀」が正しい。前出。
(9)年貢米を納めた残余の得分。
(10)年貢の納め時。
(11)横着をきめこむ。
(12)水牢。
(13)未進は年貢の未納。「未進がひどくかさんでも、びくともしない」の意であろう。「首だけ」は「首の丈の深さ」で、上の「水」の縁語である。
(14)よこしまなこと。前出。
(15)実りの秋。
(16)植えつけをした田。
(17)生きかえったのが。
(18)ここでは、よくない考え。
(19)「田」であろう。
(20)自然に。

の事幾《いく》つかつもれば人みな氣《き》をつけて。所を追《をい》はらはれて此躰《てい》なりと。今壱人は飛騨《ひだ》の國草鹿《くさか》大明神《みやうじん》の神主《かんぬし》。八卦《け》はひとつもしらねど一生人《しやう》の身の上の善悪《ぜんあく》よい加減《かげん》に嘘《うそ》をつき[1]相神主《あいかんぬし》の與五太夫が目をくらまして[2]散《さん》銭《せん》をみなこちへしてやり[3]。むかしより二[4]間《けん》の社家《しやけ》なりしをなんなく一間《けん》をつぶして。我独《ひとり》に司《つかさ》どりし心より[5]横道《わうだう》かずつもれば庄屋が利発に[6]理《り》を責《せめ》られ。丸裸《はだか》にて所を追《おひ》出されたるなれの果《はて》。今[7]烏帽子《ゑぼうし》といふ名字《みやうじ》は此因縁《いんゑん》なり。我はまた大坂の大湊《みなと》にかくれなき[8]木《き》屋小八兵衛問《とい》屋の第一なりしに[9]かけ木の[10]千斤《ちぎ》の權《おもり》を[11]ためし革《がは》に取かへ。此重《おも》みのちがひ数《かず》大分《ぶん》の事なれば。利徳存《りとくぞん》の外に取こみ。俄長者《にわかちやうじや》となりしも。[12]一旦《たん》の依估《ゑこ》は終《つい》に天道《とう》の罰《ばつ》を蒙《かうふ》り。二年のうちに人しれず[13]めた〳〵となりて。塵《ちり》も殘《のこ》らず[14]手をうちはらひ。家屋敷[15]鼻紙袋《はなかみぶくろ》まで[16]遣《やり》て。まだ不足銀《ふそくぎん》壱貫《くわん》三百九十七匁五分貳リン[17]扱《あつかひ》にしても聞《きか》ず。命ばかり我物にして其夜に近江《あふみ》の従弟《いとこ》を頼みに行《ゆけ》ば。はや死《しに》し跡《あと》なるを[18]ねだりか〻つてわづか貳三拾目ねぢ取。これより此道おもひ付て[19]是程に執行《しゆぎやう》したりといへば。某《それがし》は京三条通《でうどをり》の

(1)相役の神主。
(2)賽銭。
(3)うまく着服し。
(4)「間」は「軒」である。
(5)よこしまのふるまい。
(6)理づめに不正を追求され。
(7)神主のかぶり物だからである。現在「烏帽子の某」と名のっている。
(8)薪屋。
(9)目方にかけて売買する薪。
(10)一貫目以上の物をはかる、さおばかり。
(11)なめし革か。
(12)その時だけで、あとの利かない不公正。依怙は「かたびいき」。「怙」が正しい。
(13)急速に事が悪くなってゆくさま。
(14)すってんてんになり。
(15)布や革で作り、鼻紙や薬や小銭など入れて懐中する袋。
(16)債権者に。
(17)示談。調停。
(18)ゆすりかかって。
(19)これほどに成るまでに。

西《にし》。[1]白銀《しろがね》屋彦九㒵とて上手《じやうず》の名《な》を得たりしに。烏丸《からすま》大隅《すみ》屋道閑老《どうかんらう》其身は隠居《ゐんきよ》しながら[2]自然《しぜん》の時の金子壱兩。枕筥《まくらばこ》に仕込《しこみ》其外家督《かとく》も孫《まご》の太郎吉とらるゝ筈《はづ》なる時。此太郎吉かりそめに。ひよつと嶋原《しまばら》へ通《かよ》ひ。若《わか》げ跡向《あとさき》しらずつかひ出し。彼[3]枕筥《まくらばこ》をねらはれしかども錠《でう》をあくる事叶《かな》はざるを。我に談合《だんかう》ありしによつて[4]心もとなかりしより。[5]生《なま》うけせしに即座《そくざ》に壱[6]歩《ぶ》十《と》を手《て》つけとて給はるこれ我にまかせ給へと其寸法《すんぱう》大かた合點《がてん》仕りたりと。七つ八つ鍮《かぎ》をうちてやれば其うちに丁《てう》どあひたるがありて。[7]其後《のち》はあひ鍮打《かぎうち》やと看板《かんばん》を出しけるにあらゆる夜盗《よたう》ども忍《しの》び〳〵に頼《たのみ》にくるに直《ね》段聞《だんきく》までもなく壱歩《ぶ》づゝにきわめ。程《ほど》なく金子《きんす》たまりて家をも買《かふ》べきと思ひし時。つかまへられし盗賊《とうぞく》ありて。相鍮《あいかぎ》の[8]打手《うち》穿鑿《せんさく》にさゝれ。[9]雜《ざう》識《しき》共[10]つけ届《とゞ》けするうちに。裏《うら》の路次《ろじ》より[11]ぬけて[12]まよひ初《はじめ》て是と。大笑《わらひ》になりて[13]此物がたりも亭主《ていしゆ》の心にほだされて心やすく仕る。是はお御燈《みあかし》と銀包《かねつゝみ》てさし出せば。吐《と》雲腹立《うんふくりう》して盗人《ぬす》のもの仏は[14]うち給はずとつきかへせば。なを殊勝《しゆしやう》がりて巾着《きんちやく》の底《そこ》はらひて。みな錢筥《ばこ》に無理《むり》にをしこみて

(1)銀細工屋。

(2)万一の時の。なお、下の「金子壱両」は「百両」の誤りか。

(3)手まわり品や金銀などを入れる手箱。

(4)自信がなかったので。

(5)いい加減にひきうけること。

(6)金二両二歩に当る。なお「十《と》を」は「十」のよみ方をうつしている。

(7)「太郎吉の用をたすことができた」の意味の句が飛ばされている。

(8)製作者のとりしらべで指名され。

(9)「雑色」が正しい。町役人だちが。(町名主を京では雑色といった)。

(10)通報する間に。

(11)逃走して。

(12)悪の道に迷いはじめて、これになった。

(13)このざんげ話も。

(14)「うけ」であろっ。

歸りぬ。今もかゝる無欲《むよく》の道心者《どうしんじや》あるものかまことに[1]心は善惡《ぜんあく》二つの入《いれ》物ぞかし

憂《うき》目を見する竹の世[2]の中

[3]うき世《よ》の月を見果《はて》ぬる岩見《いわみ》の國。[4]人丸塚《づか》の邊《ほとり》にちかき在所《ざいしよ》に。左近《さこ》兵衞といへる男の。軒《のき》は蔦《つた》かづらの茂《しげ》みに[5]まばらの址《はぢ》をかくし。朝《あさ》けのけふりたへ〴〵なるにも。[6]破鍋《われなべ》にとぢ蓋《ぶた》似合《にやは》しき女房《ばう》をもとめけるに。独《ひとり》の老母《らうぼ》に不孝《ふかう》にあたるとて。離別《りべつ》しみづから昼夜孝《ちうやかう》をつくしぬ。天《てん》よりこれをあはれみ給ふにや。七八年のうちに七八十兩の[7]分限《ぶんげん》其所にはめづらし。比は五月の半《なか》ば枕蚊屋《まくらがや》澁團《しぶうちは》手細工《ざいく》などこしらへ。八九里《り》かたへの村里に賣《うり》に行《ゆく》留守《るす》の中《うち》をば隣《となり》なる律義男《りちぎ》を頼《たの》み。今宵《こよひ》は歸るまじといひて出。其あけの日になりても此扉《とぼそ》あかざるふしぎと[8]をとづれて老母《らうぼ》〳〵

(1) 人間の心は善にもそまるし、悪にもそまるものだ。
(2) 節と節との間の「よ」と「世」とのかけことば。上の「目」も「芽」とかける。
(3) 伝説に柿本人麿の辞世の歌といわれる「石見かた高角山の木の間より浮世の月を見果てぬる哉」による（和漢三才図会の歌形）。
(4) 石見国高津町鴨山の柿本神社をさす。
(5) 「軒がまばら」の意。
(6) 諺。
(7) 金持。
(8) （隣の男が）戸をたたき。

と。呼《よべ》ども返事《へんじ》なく扨もよくね入給ふと其まゝをけば。はや[1]七つさがりになる是はこゝろへぬ事と戸を押《をし》あけて見れば。老母《らうぼ》朱《あけ》になつて其あたりは血《のり》ながれて息《いき》もはやたへたり。南無三宝《ばう》といふところへ。左近《さこ》の歸りて此ありさまに肝《きも》つぶして思案《しあん》に落《おち》ざる事。[2]誰《たれ》か意趣《いしゅ》をふくみて殺《ころす》べきともおぼへず。左近《さこ》兵衛[3]急度《きつと》推量《すいりやう》するに。金《かね》あるといふ事此隣《となり》のものしるゆへ。母をころして取べき[4]分別《ふんべつ》とおもひさだめ。此事外よりすべきにあらず親《おや》の敵《かたき》は其方と。何の苦《く》もなく。打殺《ころ》し此段ゞ《だんぐ》[5]名主《なぬし》に[6]ことわり。[7]代官《だいくわん》[8]穿義《せんぎ》して[9]検師《けんし》きたりてあらたむる時。血《ち》はおびたゝしくながれて疵《きず》たしかならずと改《あらたむ》れば。其後《うしろ》に大藪《やぶ》ありしが[10]折からの根《ね》ざし。[11]寝間《ねま》の下《した》より生《はへ》ぬきたる精《せい》にて。老母《らうぼ》の[12]心もとさしとをしたるにてありける。扨は彼男《かのおとこ》をゆへなく打殺《ころ》しぬる科《とが》のがれずと。それより左近《さこ》兵衛を[13]成敗《せいばい》して相済《あいすみ》けり。是を思ふにみ[14]届《とゞ》けざる事はいふまじきなり。世にふしぎなる事は此たぐひにかぎるべからずされど見なれぬものにはかならずおどろくならひ。鳥の空《そら》を飛《とび》。蛇《へび》は足《あし》なくてよく行《ゆき》。[15]一つの玉より水《すい》

(1)午後四時すぎ。
(2)誰が恨を抱いて殺そうか、誰も殺そうとも思われない。
(3)じっと。
(4)思案を立てたものと。
(5)幕領内で、郡代・代官の支配をうけ、大庄屋の下で民政を行なった。身分は百姓。
(6)事情を申し上げ。
(7)幕府直轄領を支配し、そこの民政を掌った地方官。
(8)「詮議」が正しい。
(9)検使。検屍する役人。
(10)その季節で根（地下茎）もしっかりつき。
(11)寝室の縁の下から上に、伸びて突き抜けた勢いで。
(12)胸元を。
(13)処刑して。
(14)見とどけざること。
(15)水晶。水とる玉、火とる玉の別名がある。

火《くわ》の出るも。今まで人の見ざる事ならば幾《いく》[1]ほどかうたがふべし。筍《たけのこ》人の命《いのち》を取といふ事もはやめづらしからず

文字《もじ》すわる松江《ずんこう》[2]の鱸《すゞき》

神無月《かみな》[3]の朔日《ひとひ》の日出雲《いづも》の國八重《ゑ》垣《がき》[4]の宮居《みやゐ》にまふでけるに。海辺《かいへん》浪《なみ》高《たか》く松にあらしひゞきて殊更《ことさら》に神さび[5]。社僧《しやそう》神主《かんぬし》[6]の外《ほか》民家《みんか》の門を閉《とぢ》て。むかしよりの教《をしへ》を守《まも》りよろづの鳴《なり》[7]をしづめける。まことに日本の諸神《もろがみ》此大社《やしろ》にあつまりたまひて。男女《なん》の縁《ゑん》をむすび給ふといへり。其二柱《ふたばしら》[8]を立出かた[9]べなる杉《すぎ》むらの茂《しげ》き一里に入しに。四阿屋《あづま》[10]づくりの藁葺《わらぶき》の庵《いほ》に。八十餘《よ》才《さい》の法師《はうし》[11]眞言律《しんごんりつ》をおこなひすまし。寂《いと》殊勝《しゆしやう》に住《すみ》なされけるに。おのづか[12]らの生垣《いけがき》を破《やぶ》り。あるひは片板《のね》[13]戸《と》押《をし》たをして。南面《おもて》の縁側《ゑんがわ》西の〓《すあま》[14]。人みな立こぞり物見るけしき。いかなる事ならんと我も其人なみに立のぞけ

(1)どれほど不審に思うだろうか。

(2)鱸は出雲の松江の名産。中国の「後赤壁賦」にみえる「松江（呉松江）之鱸」とは別魚であって、名のみ暗合する。

(3)神無月（十月）を出雲国では、日本国中の神々が出雲大社にこの月参集するという伝説から、神有月と称する。

(4)出雲大社をさす。

(5)神々しく。

(6)昔、神社に奉仕する僧侶。神仏混淆時代の存在。

(7)静粛にしていた。

(8)鳥居のこと。

(9)ママ。かたへなる。

(10)四方葺きおろしに屋根を葺いた。

(11)真言宗の一派。（明治二十八年真言宗から独立）。

(12)自然に形づくられた。

(13)土佐国野根山から産する薄板。

(14)洲の出入している浜辺。

ば。いまだ𦄂《わき》[1]ふさぎてまのなき女のうば玉の黒髪《くろかみ》[2]をみづから鋏《はさみ》にして散《ちり》行柳《やなぎ》[3]のけうとく。あたら花の春を[4]。またずや。こはいかなる事とたづねしに上髭《うはひげ》[5]りんとつくりたる男のかたりけるは。此里のかたはらに抖《と》抖挓《へいらう》。丸之介といへる穿人《らう》[6]ありしに。所作《しよさ》[7]すべきわざなくたくはへしものみなになし[8]。人しれぬ藥《くすり》[9]を賣《うり》しに。家《か》中の端半《はした》[10]女のいたづら[11]に妊《はら》めるをおろす名譽《めいよ》[12]を得《ゑ》。もとでわづかなるに藥代《やくだい》に金銀おほく取て。渡世《とせい》とするうちに一人の娘《むすめ》をもぶけぬ。成人《せいじん》するにしたがひ器量《きりやう》人にすぐれ。十四才の時。似合《にやは》敷《しき》所ありて祝言《しうげん》ことすみける其翌日《よくじつ》暇《いとま》の狀をもつて歸りぬ。また其秋　幸《さいわい》[13]の取むすびありて千秋樂《せんしうらく》[14]とうたひ。嶋臺《しまだい》[15]の松に千代《ちよ》[16]かけて盃《さかづき》[17]の泪《なみ》は越《こす》ともといはひたるも。其夜《よ》の明《あく》るをまちかねて里にをくられけり。漸《ようやく》四五年のうちに五所さられて歸るは。いまだ縁《ゑん》のきたらざるものと悔《くやみ》し明《あけ》の春は疫病《ゑきれい》[18]はやり丸之助夫婦《ふうふ》相はてしより。此娘《むすめ》[19]は姨《おば》なるもとに二とせ暮《くら》す時。隣里《となり》に身躰《しんだい》よろしき好色男《いろこのむ》に。若《わか》右衞門といへるが一め見て美形《びけい》[20]にうちこみもらいかけしに。今の世はいつわりにては

(1)二十歳前後の女。結婚すると詰袖にした。
(2)「髪」と下の「柳」は縁語。
(3)驚き入ったことで。興ざめなことで。
(4)上の「柳散る」の季が秋であるのに対している。はなやかな人生の春の到来を待とうとしないのか。
(5)りりしげに。
(6)ママ。牢人。
(7)働くべき仕事。
(8)すっかり失ってしまい。
(9)堕胎薬。
(10)下女。
(11)不品行で。
(12)評判。名声。
(13)縁談。
(14)めでたく、「高砂」のうたいをうたい。(千秋楽には民を撫で、万歳楽には命を延ぶ)。
(15)婚礼などに用いる飾り物で、州浜台の上に、尉、姥、松、竹、梅、鶴、亀などの形を飾ったもの。
(16)千代の契りを祝い籠め。
(17)「新続古今集」の「忘るなよさすが契をかはしまに隔つる年の波は越ゆとも」に拠るか。
(18)「病」は「癘」とあるところ。
(19)母方のおば。
(20)美人なのに。

たゝず。さい〳〵嫁入《よめいり》し事[1]ありやうにかたるに。たとへ千所へ行たりとて。それにはすこしもかまわずと執心《しうしん》ふかゝりしうへに。[2]相性《あいしやう》八卦《け》残《のこ》るところなく吟味《ぎんみ》して。[3]逢《あふ》たり叶《かなふ》たりと悦《よろこ》びてつかはし祝言《ことぶき》目出度とりおこなひ。相手はかはる新枕《にゐまくら》其身には夢《ゆめ》にもしらざるところに。いづくとも。なく此女の前後《ぜんご》より。胞衣《ゑな》かふりたる赤《あか》子数《す》百人惣《そう》身にひしと取つき。水泳《およ》ぐまねして立ならびたるを見る[4]より。身の毛《け》よだち中〳〵傍《そば》によるまでもなく。日ごろの恋《こひ》たちまちさめて夢《ゆめ》もむすばず[5]繼《つぎ》の一間《ま》によすがら[6]所作《しよさ》くりて何ごゝろなく氣縮《ちゞ》まり此男これより其所にかくれなき後生《ごしやう》ねがひになりぬ。今おもひあたればたび〳〵さられしも。此ありさまを見られたるにぞありぬらん。扨其明《あけ》の朝姨《あさおば》のかたへおくらせける。是はいかなる因果《いんぐわ》もはや[7]縁《ゑん》のみちはおもひ絶《たへ》たりとかなしみ[8]自身《じしん》におぼへなく。人のおもはくあまりのこゝろうさに病となり。物狂《ぐるは》しくされど此事をわすれず大社御神前《やしろごしんぜん》にて。其所謂《いわれ》を告《つげ》しらしめ給へと祈《いの》りけるに。夢《ゆめ》の中に語《かた》らせ給ふは。汝《なんぢ》が親《をや》のなせる罪《つみ》の酬《むくひ》きての[9]寝姿《ねすがた》のありさまをくはし

(1)ありのままに。

(2)相性を八卦（占い）で。

(3)願ったり叶ったり。

(4)男は見ると、もう。

(5)ママ。

(6)何か仕事をする。何かやる。

(7)結婚は断念する外ないと。

(8)自分では何も異状を感じないのに、人の自分に対する思い方が。

(9)結婚の夜の。

く教《をしへ》給ふに。ありがたく。発心《ほつしん》して跡吊《あととふら》ふべしと。[1]帰るさの松江《え》を通れば怪魚《けぎよ》あがりたりとて人だちあまたなるを見れば。鱸《すゞき》に[2]文字《もじ》すわりたり丸の内に抖《と》拎捲《へいらう》と。さては親《をや》の靈《れい》にまがひなし浅《あさ》ましと。[3]流灌頂《ながれくわんでう》を執《とりお》行《こない》いよ〳〵後世《ごせ》のいとなみして彼《かれ》これの菩提《ぼだい》を祈《いの》らんと。此老僧《らうそう》に頼《たの》みて剃髪《ていはつ》するにて侍《はべ》るとかたりけるを聞にあわれましぬ

人眞似《まね》は猿《さる》の行水《ぎやうずい》

[4]心猿《しんゑんと》飛んで[5]五欲《よく》の枝《えだ》にうつり。[6]風は無常《むじやう》を告《つぐ》る[7]鐘《かね》が崎筑前《さきちくぜん》の國の浦里を過て。[8]はるかなる山ぞひの野《の》をはけ《ママ》て行に。煙《けふり》は愁《うれい》の種《たね》なる[9]三昧《まい》を見しに[10]おほくは少年《しやうねん》の塚《つか》。其中にあたらしき塔婆《たうば》を削《けづ》りなして折ふしの花菊を手折《たおり》。前なる竹の筒《つゝ》に水を[11]むすび。子細《しさい》ありげに竹垣《がき》のありさま。是なん猿塚《さるづか》とするせり。いかさま様子《ようす》あるべき事とそれなる[12]一つ庵《いほ》に立よ

(1)帰る時。帰り道。
(2)印判が押されたようになっていた。
(3)卒塔婆を流水中にたてて修する仏事。経木に仏名戒名を書いて川へ流して供養することもある。なお、下文に「彼これ」とあるのは、父ばかりでなく、闇に葬られた胎児たちを含めてある。
(4)心の慾の盛んにして騒がしきをたとえた語。
(5)色・声・香・味・触の五欲。なお「猿」、「飛んで」、「枝」、「うつり」は縁語である。
(6)「風は諸行無常を告げる鐘の音を運んで来る」というのと、地名の「鐘が崎」とをかける。
(7)福岡県宗像郡。県の北西の肩に当る。
(8)「つれづれ草」第十一段の文に模する。
(9)墓地。
(10)「つれづれ草」第四十九段「ふるき墳おほくはこれ少年の人なり」による。
(11)くみ入れ。
(12)一軒の小屋。

りたづねけるに。[1]隠坊《をんばう》此事をかたりけるに。當《たう》國太宰府《ざいふ》の町に白坂徳《しらさかとく》左衛門とて[2]沙汰《さた》ある分限《げん》。殊更息女《ことさらむすめ》お蘭美形《らんびけい》またならびなく。今年十《ことしとを》に六つ七つあまり。[3]名《な》は國《くに》にかうばしく見ぬ恋《こひ》に[4]しづみぬ。こゝに隣町葉森《りんてうはもり》次郎右衛門とて。色好《いろごの》みなる男深《ふか》く是に[5]悩《なつ》み。いつぞの比より人しれぬちぎり。[6]人目の関《せき》もかよひなれてはとがめぬ方もあるぞかし。されどもたがひの親《をや》たるものはおもひがけなく。寂早年《もはやとし》のさかり縁《ゑん》づきおそき事を[7]氣の毒《どく》がる折ふし。出入の男を[8]頼《たの》みてとこしなへの祝言《しうげん》をむすぶべしと肝煎《きもいら》せける。殊《こと》に[9]こなたは酒屋《さか》[10]あなたは質屋《しち》さいわいの事ねがふてもまたなしと。仲人口《なかふど》をもつて[11]手にとるやうにすゝめたるに。徳左衛門合点《がってん》しながら宗旨《しうし》をとへば次郎右衛門法華《ほっけ》宗にあらず。それなればいかほど金銀《きんぐ》ありても男ぶりにもかまわずならぬといひきるこそ[12]笑止《せうし》なれ。此よし次郎右衛門にかたれば[13]世の中とはうらはらにおれが宗旨をかゆるばかりと俄《にわか》に妙法寺《めうはうじ》をたのみて[14]總《ふさ》の永《なが》き珠数《じゆず》に持《もち》かへて。是を又徳左衛門が方《かた》へ彼男つかはして次郎右衛門殿今朝《けさ》御經頂《けういたゞ》かれ改宗《かいしう》なされたといへ

(1) 墓守。
(2) 評判の金持。
(3) 美人の評判は国内に高く。「蘭」、「かうばし」は縁語。
(4) あこがれ、なやんだ。
(5) 恋いこがれ。
(6) 「人目を忍ぶ恋路も、ついに世間の人々の公認といった形になった」というような意。
(7) 気をもむ。困惑する。
(8) 次郎右衛門が。
(9) あなた（第二人称）。こちら様。
(10) あの人、先方（第三人称）。
(11) 明瞭なことのように。
(12) 気の毒。かわいそう。
(13) 世間のやり方とはあべこべに。
(14) 日蓮宗の数珠は房が長い。上の「妙法寺」は日蓮宗の寺名。

ば。徳左衛門いや〳〵[1]根《ね》ぬきの法華でなければ信心《しんぐ》うすし。はや此方にこゝろあてありて約束《やくそく》して置《おき》たりと。[2]手みじかくいひたるを。次郎右衛門に傳《つた》へけるに膽《きも》を潰《つぶ》し。扨は我がおもひはむなしうなりけるよ此事お蘭《らん》にしらせての相談《さうだん》かと。文こまぐ〳〵とかき[3]詢《くどき》きやれば。[4]露《つゆ》もしらず[5]いかなる所へかやられてうきおもひをすべし。[6]中〳〵君《きみ》ならではと誓《ちか》ひし妹背《いもせ》を。親《をや》の合点《がってん》なければとてなるまじきものにあらず。もし脇《わき》へまいる事たしかにさだまりなば此方より[7]さう致《いたし》し申さんと。返事《へんじ》したるあけの日徳左衛門前に[8]呼《よび》て本町紙《かみ》屋彦作《ひこさく》方へ[9]縁邊《ゑんぺん》きわめしと。いひつけられしに胸《むね》せまりけれども。さすが色には出さず[10]何となくうけて急《いそ》ぎ部屋《へ》に立入。[11]ない〳〵の首尾《しゆび》にわかにとゝのひ申よし。しからばこよひのうちいづかたへも[12]忍《しの》び出たき。おもひのかず〳〵かきてひそかにおくりければ。次郎右衛門此支度《したく》して裏門《うらもん》に待《まち》あはせて。夜半《やはん》につれだち出夜《いでよ》の中《うち》に七里あゆみ。あけの[13]八つ時分に此里に[14]ゆかりうすきをたのみ。[15]才覺《さいかく》の路金《ろきん》にて少《ちい》さき庵《いほ》を結《むす》び。つらきうき住居《すまゐ》の[16]中は古《ふる》里忍《しの》び出し時。此娘《むすめ》

(1)生え抜きの
(2)あっさりと。にべもなく。
(3)「くどきき」ママ。
(4)そんな話は少しも存じません。
(5)どんな所へ嫁にやられて、つらい思いをすることでしょうか。
(6)どうしてもあなたでなくてはと、二世を誓った間柄ですから、親の承諾がないからといって、結婚できまいものではありません。
(7)左右。たより。「いたしし」ママ。
(8)娘を。
(9)「縁篇」が正しい。婚姻の意。
(10)さりげなくお話をお聞きして。
(11)内々で話しを進めていた縁談が。
(12)忍び出たいという、思いの数々を。
(13)午前二時ごろ。
(14)遠い縁家。
(15)工面した旅費。
(16)中《なか》には。

日比《ごろ》かはゆがりし猿《さる》ありけるが。夜《よる》の事なりしに跡《あと》よりしたひ來るを。道一里あまり過て見付。扨も畜生《ちくしやう》ながら此[1]心いれ不便《ふびん》さに伴《ともな》ひきたり。[2]ありしにかはる賤《しづ》の手業《わざ》は恋《こひ》よりおこりて[3]此日かげに身をちゞめ。[4]様《さま》をやつし次郎右衞門はたばこを刻《きざ》めば。お蘭《らん》は木綿《もめん》の[5]枷《かせ》といふものをくりて。渡世《とせい》とするも二人かく[6]和理《わり》なきかたらひと思へばこそ一日もくらさるれ。浅《あさ》ましきありさま此猿《さる》も過し時寵愛《てうあい》せられしも忘《わす》れ。[7]氣《き》の毒《どく》なる顔《かほ》して[8]それ〳〵にあたりちかき山に行て。薪《たきゞ》など柏《かしはの》枯枝《かれえだ》松の落葉《おちば》搔《かき》あつめてきたり。茶《ちや》の下《した》をもやし二人に給仕《きうじ》する躰《てい》おかしき中にもしほらしく。夜《よる》は[9]痃癖《けんぺき》所を打捻《うちひね》さすり。朝夕《てうせき》の[10]貧《まど》しき躰《てい》[11]此女やつれし姿《すがた》をつく〴〵ながめて涙《なみだ》ながし。さながらむかしをしのぶおもひいれ。[12]目見え物こそいはね[13]人に同じく氣《き》をかねたるぞ。やさしく。せめて是をおり〳〵のなぐさみにうきを忘《わす》れて[14]經《へ》し年《とし》も暮《くれ》て。あけの秋一人の男子《なんし》を設《もう》け名《な》を菊之《きくの》助と呼《よび》て秘《ひ》藏《さう》是《これ》にかゆるものなしと寵愛《てうあい》するにつけても。むかしのくらしの程思ひくらべ[15]果報《くわほう》なき子の行末《すへ》まであわれに[16]不便《ふびん》ふかくそだ

(1)主人を慕う気持が。
(2)以前の身とうってかわった賤しい手仕事は恋からおこったもので。
(3)かくれ家。
(4)姿を見すぼらしく変え。
(5)「くる」は「繰る」。錘《つむ》でつむいだ糸を枷にかけて巻くのが「繰る」であり、それを枷からはずしたのを枷糸という。枷糸買いがそれを買い集めに来る。
(6)切っても切れない夫婦の語らい。
(7)ここは今日の「気の毒」の意に近いようである。その上の部分は「猿もちやほやされていた飼猿時分のことも忘れて」の意。主人夫婦を同情するような顔つきで。
(8)猿も一役買って。
(9)痃癖の所。痃癖は筋肉のひきつる病。俗には肩のこり。
(10)「まづしき」と同じ。
(11)此女のやつれし姿。
(12)はた目にも明らかで。「目に見え」の意。
(13)人間と同じように気をつかっているのが。
(14)「経し」で読点。「すぎて来た、その年も……」。
(15)不運な。
(16)ふかくふびんをかけて。

てぬ。ある時此子を寝《ね》させ置《おき》て。ひなびたる[1]所のならひに朝《あさ》くらきうちより茶《ちや》わかしたるに呼《よばれ》て。四方山《よも》の物語のうちいつもの事を思ひ出けん。此猿留守《るす》の中に湯《ゆ》をわかし湯玉《ゆだま》のたつを見て。[2]興《たらい》に丁《てう》ど一ぱいとり。何の加減《かげん》見るまでもなく。此子を丸裸《まるはだか》になし内義《ぎ》の取さばきよくみおぼえし通《とをり》に。湯《ゆ》の中へ入るゝと喚《わつ》といふ聲《こゑ》ばかりに息絶《いきたへ》ぬ。これにおどろき夫婦《ふうふ》はしり戻《もど》り取あげてみれば。はや蒸海老《ゆでゑび》のごとく[3]皮《かは》もつゞかず。二《ふた》目《め》とも見ず扨[4]もしなしたり我身にかはらば今一たび俤《おもかげ》[5]をまみへたしと。聲《こゑ》をあげてなげくもことはり。次郎右衛門もあきれはていかに畜生《ちくしやう》なればとてあまりなる事共よし〳〵[6]。[7]因果《いんぐわ》の生《うま》れあはせとあきらめながら涙《なみだ》はとまらず。内義猿《さる》をとらへ。とかく汝《なんぢ》は我子《こ》の敵《かたき》今打殺《ころ》すと。木刀振《ぼくとうふり》あげしを次郎右衛門とゞめて。尤《もつとも》とはいひながらもはやかへらぬ事に殺生《せつしやう》するもかへつて菊之介が[8]菩提《ぼだい》のためあしゝ。奉公《ほうこう》とおもひてしたるべけれどもさすがちゑなきは詮《せん》かたなしといへば。猿涙《さるなみだ》ながして手《て》を合《あは》せけるもまたむ[9]ごくおぼへて。まづは[10]野辺《べ》のけふりとなしぬ。其後《そのゝち》此猿《さる》

(1)土地の慣習で。
(2)ママ。盥。
(3)皮がべろっとむけること。
(4)しくじった。
(5)生前の姿を見たい。
(6)仕方がない。まあいい。
(7)不幸な運命。
(8)往生、成仏の障りとなる。
(9)かわいそうに。
(10)火葬に付してしまった。

七日〳〵に墓所《はかどころ》へ参《まい》り。折〳〵《おり》[1]の草花《くさばな》山に入て樒手折《しきみたおり》てこゝにさし。一日に三たびづゝまふでゝ涙《なみだ》をながし。百日[2]にあたる朝水《あさみづ》こゝろしづかに手向《たむけ》。竹[3]の鉾《とがり》にてみづから咽《のど》ぶえ突《つき》とをして果《はて》ぬ。是を見て夫婦子《ふうふこ》に放《はなれ》しあとにはせめて此ものなぐさみぬるに。それさへこのありさま[4]さぞめいわくにおもひ込《こみ》しこゝろ根《ね》を感《かん》じ。右の墓《はか》の隣《となり》に猿塚《さるづか》つきならべ。二人も発心《ほつしん》をとげ。あの庵《いほり》にたへず[5]題目唱《だいもくとなへ》て法華《ほつけ》讀誦《どくじゆ》の聲《こゑ》やまず跡吊《あととむ》らはれしとかたりぬ

見て歸《かへ》る地《ち》獄《ごく》極樂《ごくらく》

僧佛《そうほとけ》を賣《うり》[6]て世をわたる[7]。四國《こく》の海《うみ》の深《ふか》[8]きたくみをして浅《あさ》き衆生《しゆじやう》をまよはす事あり。是[9]みなこゝろの闇《やみ》秋も末《すへ》つかたに風絶《たへ》て類船《るいせん》[10]こゝによせ。泊《とま》[11]りの礒《いそ》といふ所に一夜《や》をあかし。山は南に讃岐《さぬき》の國の浦氣色《うらげしき》松も殊更《ことさら》に

(1)季節の草花や。
(2)百日目に当る朝。
(3)とがった竹の先で。
(4)主人にどんなに申訳ないことをしたかと深く悔い、自責の念に堪えないでいた猿の心のあわれさを。
(5)南無妙法蓮華経の七字。
(6)だしにつかって。
(7)「世をわたる」、「わたる四国の海」と上、下にかかる。
(8)上、下にかかるとともに、下文の「浅き」に対する。
(9)だます方もだまされる方も。
(10)1同種の貨物をつんだ船。2船隊を組んで航行する船。連れ立つた船という程の意。
(11)「泊り」は上にもかかる。なお「泊りの礒」は讃岐の塩飽七島の中にあり歌枕でもある。

年《としふ》經り一しほながめ[1]につゞき是なる笘《とま》の屋に海士《あま》の子共《こども》のあつまり。今仏法《ぶつばう》[2]の昼《ひる》なるに仏檀《ぶつだん》をかざる三具足《ぐそく》[3]の鶴亀《つるかめ》[4]華足《けそく》[5]なんどをそこ〳〵に抛《なげ》やりて。草庵《さうあん》[6]おのづからに荒《あら》し邪見《じやけん》[7]の濱里《はまざと》見るにいたましく。かゝる狼藉《らうぜき》はと塩木《しほき》[8]樵翁《こるおきな》にたづね侍《はべ》るに。重荷《おもに》を岩《いわ》に打かけ眉毛《まゆげ》の白《しら》ふしてながきをし撫《なで》。鉾拐《とがりおふご》[9]に諸手《もろて》[10]を助《たす》けて徘徊《たゝずみ》子細《しさい》をかたりけるは。過《すぎ》し年此所に空樂坊《くうらくばう》[11]とて修業《しゆぎやう》に功《こう》を積《つみ》不思儀《ふしぎ》さま〴〵振舞《ふるまひ》。たとへば金比艮《こんぴら》[12]の嶽《たけ》三十餘丈《よでう》の所を鳥よりかろく飛《とび》。法談《はうだん》の詞《ことば》に花ふり。聽聞衆《てうもんしゆ》の中の善《ぜん》人惡《あく》人を見どをしに[13]。万《よろづ》の失《うせ》物まで此僧に頼《たの》み。其外にも奇妙《きめう》[14]を見せければ。近郷《きんごう》の優婆夷《うばい》[15]群集《くんじゆ》してたつとみ。日にまして繁昌《はんじやう》はじめは篠竹《しのだけ》四本の假《かり》葊《ぶき》なるも後《のち》にはおのづから結構《けつかう》[16]に美《び》を盡《つく》して。此一庵《あん》を建立《こんりう》し今年の春より。先達而《さきだつて》六月十五日の日中に往生《わうじやう》すべしといひ觸《ふら》し。前《まへ》かどより其用意《ようい》に臨終壇《りんじうだん》をかざらせ三ヶ國にふれさせ。月日[17]ははやくながれて程《ほど》なく水無《みな》月中旬《なかば》になる時。近國《きんごく》よりあつまる人数《す》万《まん》人におよびければ四丁四方《よはう》に野埒《やらひ》[18]をいはせて。かねて其儀式《ぎしき》[19]をかざり十五日の朝裝束《しやうぞく》を改《あらた》めて

(1) ながめなる所につづき。
(2) 仏法の盛んなこと。「ぶつばう」ママ。発音は半濁音「ぱう」と同じ。
(3) 仏前に供える香炉・花瓶・燭台を一揃としていう語。
(4) 鶴亀の彫刻をした燭台。
(5) 供物を盛る台。
(6) 放置して自然と荒れさせ。
(7) 仏法を粗略にしている浜里。
(8) 塩釜を焚くに用いる薪。
(9) 両端のとがった荷い棒。
(10) 両手をもたせかけて。
(11) 空楽坊といって僧がいたが。
(12) 讃岐の象頭山。中腹に金刀比羅宮がある。
(13) 見抜かれるので。
(14) 奇蹟を示したので。
(15) 在家の仏法信心の女。
(16) しつらえ方
(17) 「古今集」「昨日といひ今日と暮して飛鳥川流れて早き月日なりけり」による。
(18) 矢来。
(19) 重々しく立派に見えるようにし。

床《ゆか》に座《ざ》すると西の方にむかひ低頭合掌《ていづがつしやう》して心よく終《おは》[1]りを執《とれ》り。遺言《ゆいごん》として椅子《いす》に載《の》せ是を拝ませ三日のうちは結縁《けちゑん》[2]のためにと勿躰《もつたい》なくもそのかみ。炅山《りやうぜん》[3]の釈迦《しやか》入滅《にうめつ》にことならず群集《くんじゆ》して。散銭《さんせん》山のごとし扨十八日の朝弟子《あさでし》なるもの諸人《しよにん》にむかひつねぐ空樂《くうらく》申されしは。遷化《せんげ》[4]したりともあたゝまりあるうちは茶毘《だび》[6]すべからずといはれしふしぎなる事は今にあたゝまりさめずといへば。もし万一蘇生給《よみがへり》はゞ何[7]かあらん。かくありがたき御僧のまた世に出給ふともおぼへずといふ時。息出《いきい》でそめて夢《ゆめ》の梦《さめ》[8]たることゝちなりと。眼《まなこ》をひらき扨も我此度《たびち》地獄極樂《ごくごくらく》を見てきたりしに。日比各ゝ《ひごろおのく》に教化《けうけ》したる通《とを》り後生《ごしやう》のねがひやうにて八寒《かん》[9]八熱《ねつ》のくるしみに落《おち》んとも。金銀《きんぐ》[10]の眞砂《まさご》の樂《たのし》みなる所へ行べきとも。望《のぞ》[11]み次第見せらるゝものならば。うたがひおほきものをつれだちてみすべきに。かまへてい[12]づれもたしなみ給へ。[13]其證據《しやうこ》に閻摩《ゑんま》大王《わう》より御板《ごはん》[14]をたまわりし。是見たまへと背中《せなか》を脱《ぬげ》ば。七の椎《ず》[15]に王《わう》といふ文字《もじ》の下《した》に大きなる判《はん》すわりたるをみなく拝みて。今まで未來《みらい》のあるかなきかとうたがひをなせしもの

(1)わが臨終を執行した。
(2)仏道の縁を結ぶこと。
(3)霊鷲山。釈迦の説経、教化の聖跡である。
(4)高僧・隠者の死去をいう。弟子が師のことばをいうのであるから、敬意を含むこの語をつかった。
(5)体温。
(6)火葬。
(7)どうであろうか。
(8)ママ。夢の俗字。覚の誤り。
(9)八寒地獄と八熱地獄。
(10)極楽浄土。謡曲「邯鄲」の「庭には金銀の砂を敷き」を踏まえる。
(11)「望み次第」は上、下にかかる。
(12)必ず。きっと。
(13)その心がまえでいなさい。つつしみなさい。
(14)ママ。御判。
(15)かなちがいであるが「七の図《ず》」と同じであろう。尻の上部という。「図」は鍼灸の点であろう。

も是に[1]我《が》をおりて信心《しんぐ》を起《おこ》しぬ。此事國《こく》中にかくれなく[2]夥敷《おびたゝし》かりしを國《くに》の守《かみ》より御たづねあり。此僧《そう》をめされ末代《まつだい》に[3]およびて此類《るい》の事あるべき事にあらず。其閻魔《ゑんま》の判《はん》[4]あらたむへじと裸《はだか》になして見れば黒《くろ》く熱《にへ》こみたるやうにあり〱とあり。洗《あらへ》ども落《おち》ず是は合点往《がってんゆか》ずとかく一責《せめ》せめて見よとありしに。[5]水をくれてもおちず[6]鉄砲《てつぽう》にかくる時もはや何をかくし申べし。此命ありての事あとかたもなき作《つく》り事なり。餘貧《あまりひん》に生《うま》れつき錢のほしきあまりにかくいつわりをたくみたりといふしからば其王《わう》の判《はん》はいかなる事ぞといへば三年以前《いぜん》背中《せなか》をほらせ[7]入炭《いれずみ》いたさせたり。さて高き所より飛《とび》たるはいかにとたづねけるに。是も二年のうちたかき所からさい〱飛《とび》つけ。練磨《れんま》の功《こう》にて下《した》へは飛《とべ》ども上《うへ》へはならずと。ありのまゝにかたるを其まゝ[8]成敗《せいばい》にもすべきをそれさへ[9]出家《しゆつけ》といへる徳《とく》にて。[10]うつろにつくりて[11]絞《しば》りながら乗《の》せ。行衞《ゑ》[12]白浪《しらなみ》の[13]さだめなきうき世に[14]かゝる事もあるぞかし。今は[15]いひ出す人もなく殘る物はあの庵《いほり》に立像《りうぞう》の弥《み》陀《だ》[16]女來《によらい》もこれに信心《しんぐ》をうしなひ。[17]誰参下向《たれまいりげかう》の者《もの》もなくけうとき破窓《はそう》に月のよな

(1)恐れ入る。降参する。
(2)大評判であったのを。
(3)なって。
(4)ママ。改たむべし。
(5)水責めにしても白状せず。
(6)拷問の一種であるが、不詳。
(7)ママ。入墨。
(8)処刑。
(9)出家であるおかげで、命は助かって。
(10)うつろ舟。
(11)縛り。
(12)「知らず」とかけことば。
(13)「さだめなき」は上、下にかかる。
(14)(不定の世には)かような事もあるのである。
(15)空楽坊のことを。
(16)ママ。如来。なおここは「残るものは……弥陀如来で、その如来もこの事で」という意。
(17)誰もお参りする者もなく(下向は参詣して帰ること)。

〳〵かよふのみにして風の音もすごく。昼《ひる》は童子《わらんべ》のあそび所となりぬ。

まことに仏法《ぶつばう》[1]の瑕瑾《かきん》なりとかたりぬ

(1)仏法を汚すもの。仏法に泥をぬるもの。「ぶつばう」ママ。九六頁註(2)参照。

懐硯巻五

俤《おもかげ》の似《に》せ男《おとこ》

[1]西《にし》の海檍《うみあをき》が原にあらはれ出し似《に》[2]せ男《おとこ》ありける。旅《たび》の夕ぐれをいそぎ。日《ひう》向《が》の國 [3]橘《たちばな》の里といふ所に一夜《や》をあかし。折ふしほとゝぎす[4]の田舎《いなか》ごゑさへめづらしく。浮世《うきよ》の事どもかたらせて聞《きく》に。いまだ此程の事とて宿《やど》のあるじのことばに[5]子細《しさい》を籠《こめ》てはなしけるは。是より一里ばかりみなみに[6]落水《おちみづ》村といへる所に。榎森《ゑのもり》與太夫とて庄屋《しやう》につゞきて。田畠《はた》の高《たか》をつくりて[7]有徳《うとく》なる百性《しやう》あり。よろづの事かしこく天命《めい》をかんがへ。下人《げにん》とおなじく耕作《かうさく》をはげみぬ。ある時岡《おか》山に行《ゆき》て下[9]刈《がり》をさせて。下人下女《げじよ》まで眞柴《ましば》[10]いたゞきつれて。歸るさのあとに独殘《ひとりのこ》りけるが。其昏《くれ》におよびても宿《やど》へもどらざりしに。おの〳〵驚《おどろ》きそこにたづね行《ゆき》しに。形《かたち》は見えずなりて梢《こずへ》の烏 塒《からすねぐら》あらそひ。是にとふべきたよりもなくて。みな〳〵不《ふ》思儀《しぎ》をたてしに。小笹《おざゝ》のかたかげ道なきかたの末《すへ》に。[11]茶小紋《ちやこもん》の羽織《はおり》あら

(1)謡曲「白楽天」「西の海檍が原の 波間より現れ出でし住吉の神」による。
(2)「にせせ」ママ。
(3)伊邪那伎の神が筑紫の日向の橘の小門の檍原でみそぎをした（古事記）神話による命名か。不詳。
(4)ほととぎすの俚びた声に、この地方の人の方言まる出しのことばを重ねた。なお、「橘」といい、「ほととぎす」というのは、初夏の季節をあらわす縁語である。
(5)もっともらしく。
(6)不詳。
(7)裕福な。
(8)ともに。
(9)下草や雑木を刈りはらうこと。
(10)「つれて」は「連れて」各人ともに柴を背負って。（「いただく」は頭上に載せるが原義）。
(11)茶色の小紋。

く抓《つかみ》やぶりて是のみ殘りぬ。いづれもなげく中に女[1]ことさらに身をもだへ。諸神《しよじん》を祈《いの》りそれより廿日にあまり。國中《こく》の深山海邊《しんざんかいへん》をさがしけれども何[2]のしるべもなかりき。是非《ぜひ》なき愁《うれへ》[3]のかた手に三才の一子《いつし》をそだて。かひぐしく其跡《あと》[4]をたてける。里女にはすぐれてうつくしければ。所のわかきもの此後家《ごけ》をしのぶ[5]にすこしも取みだす事なく。年月《とし》を累《かさ》ね程なく九とせの過るは梦《ゆめ》なり。其また村つゞきに溝越《みぞこし》傳介といへる小百性《しやう》。四五年の不作《ふさく》にあひ日比[6]かくまへのあしく。妻子《さいし》もそれぐに見はなち[7]。おのづからの袖乞《そでごひ》となりてさまよひありくうちに。安藝《あき》の國宮《みや》[8]の市《いち》にまぎれ。千疊敷《せんでうじき》[9]といふ堂《どう》に丸《まろ》ねせしに。あわれはおなじ袖枕《まくら》[10]のほとりに。聲《こゑ》[11]まざぐと古里《ふる》をおもはれける橘《たちばなむら》村の與太夫に聞ければ。あけぼのをまちかね彼《かれ》がおもかげを見るに。年はふれども[12]形《かたち》[13]はたがはず自然《しぜん》の涙《なみだ》こぼれ。何と與太夫たがひに此あり様《さま》[14]はいかなる因果《いんぐわ》ぞとすがり付てなげくに。此男けんによ[15]もなき良《かほ》して我名《な》は與太夫とはいわず。いかな[16]る事に尋《たづ》ね給ふぞ。我生國《しやうこく》は大隅《すみ》[17]風の森《もり》のほとり櫻《さくら》村といへる所の者な

(1)女房。
(2)手がかり。
(3)悲歎。
(4)跡目。
(5)恋慕する。
(6)貯蓄。
(7)伝介が。
(8)宮島には厳島神社の祭礼を中心に、六月七日から七月まで大市が立った。
(9)厳島神社の大経堂の俗称。
(10)袖を枕にして（悲しみにくれながら、ねる場合にいう）。
(11)その声は正しくなつかしい故郷の、橘村の与太夫の声であると聞いたので。
(12)経れども。
(13)顔かたち。
(14)落ちぶれたあり様は、どうした前世の悪業のむくいかと。
(15)きょとんとした顔。「けんによ」は懸念（けんねん）の訛り。「けんによなし」は「思いがけない」の意。
(16)どうして。何のわけで。
(17)大隅国姶良郡姫木にあった歌枕。一名久我社。

るが。一門《もん》ちり〲の身となり。名《な》は小平太とこそ申侍《はべ》れと身の上委細《いさい》にかたりぬ。聞ても不審《ふしん》はれがたし。世に似《に》たものこそあれ年《とし》の程皃《ほどかほ》かたち。左《ひだり》のかたの首《くび》筋に打疵《きず》のあとまで。與太夫といへる人のおもかげと。[1]横手《よこで》を打《うつ》て[2]世界《せかい》はひろし。是程似たる事はと申けるにぞ。小平太[3]興《けう》をさまし。其與太夫といへる人はいかなる事ぞと問《とひ》ける。傳介かなしき中の永《なが》物がたりせしは。抑《そも〱》與太夫といふ人日向國たちばな村の大百性《しやう》。親類《しんるい》の事ども妻子《さいし》のなげき。九年あとにくれてんに見[4]へざる事。つど[5]〱にはなしけるうちに。小平太[6]横道《わうどう》ものにて。我その與太夫に形《かたち》の似たるこそ[7]さいわゐ。其里に行て其女房《ばう》をたぶらかし。世を樂《らく》〱と[8]渡《わたる》るべき惡心出來《あくしんでき》。なを傳介に樣子《ようす》を聞とゞけ。爰《こゝ》をわかれて日向《ひうが》の國ぢかく分《わけ》入。わざと[9]うつけを面《おもて》につくり。[10]狗品《ぐひん》につかまれしものと折〱《おり》詞《ことば》のするに申せば。いつとなく是をさたし[11]て與太夫こそ其そこに天狗《ぐ》がおと[12]して世に命《いのち》はありけるぞと。いふ程なく女はつたへきゝて。あるにあられず尋行《たづねゆき》あい見しより前後《ぜんご》を忘《ぼう》じ涙《なみだ》に暮《くれ》て。むかしの與太夫に[13]思ひこみ

(1) 前出。ここでは「感心の体」。
(2) 世間。
(3) けげんな顔をして。
(4) かいもく。下に打消が来る。
(5) 一々くわしく。
(6) 横着者。不届者。
(7) ママ。「さいはひ」。
(8) 「わたるる」ママ。
(9) 間のぬけた顔付をし。
(10) 狗賓とも。天狗のこと。
(11) うわさして。
(12) 落して、生きて帰って来たぞ。
(13) であると。断定助動詞「なり」の連用形。

て我里の屋にいざなひて歸《かへ》り。ふたゝび逢《おふ》事のうれしさと。あたりの在《ざい》所《しよ》より從弟《いとこ》の末《すへ》まで寄《より》あつまりて。祝《いはひ》の振舞酒《ふるまひさけ》事あり。扨も年《とし》月の難儀《なんぎ》にや疲《やつ》れ給ふ事よと。悦泪《よろこびなみだ》をながしてみな〳〵歸れば。女房こしかたのうき思ひを語《かた》り。忘《わす》れがたみとおもひてそだてし與太郎もはや十一才。此成人《せいじん》見給へと[1]うつりかはりし。四方《よも》山の物がたりに夜ふけてめづらしき添寝《そひね》のまくらをかはし。きのふけふとたつは程《ほど》なく。二《ふた》としめの春與太郎が弟《おとゝ》も出來《いでき》て。なを〳〵落《おち》つきけるに其夏殊《なつこと》さらの旱《ひでり》にて。天下の百性《しやう》雨《あめ》を乞《こひ》[2]龍神《りうじん》をおどろかし。様々《さまぐ》[3]おこなひありしかども其しるしなく。青《あを》田の早《さ》苗《なへ》はさながらの枯柴《かれしば》のごとくなりし時。此橘《たちばな》村の御社《みやしろ》かたじけなくも[4]住吉《すみよし》大明神《みやうじん》の御本所《ごほんじよ》にてわたらせたまふ。既《すで》に十一ヶ年跡《あと》の干《かん》魃《ばつ》にも當社《たうしや》を祈《いの》り奉るに。たちまち其利《り》生《しやう》あつて万民《ばんみん》を潤《うるを》せり。其時の願書《ぐわんじよ》も與太夫書《かけ》る[5]吉例《きちれい》なれば。此度《たび》も幸堅固《さいわいけんご》にて居《ゐ》るこそ[6]吉左右《きつさう》。書《かゝ》せらるべしと呼出《よびいだす》に。小平太元《もと》より無筆《むひつ》にて。此時[7]目のさやのはづれし男ありて是に氣《き》をつけて。與太夫にあらぬ事を見出しけれども。女房合《によばうがつ》

(1)九年の間にいろいろ変動のあった。

(2)雨や水を司る神。

(3)祈願、祈禱。

(4)前掲の歌「……現れ出でし住吉の神」による。

(5)「与太夫が書いたので、その先例で」の意。吉例としたのは、目出度く降ったからである。

(6)よいたより。吉報。あるいは「吉相」のつもりであろうか。そうすれば、吉兆の意。

(7)目ばしこい。洞察力のある。

点《てん》せず。物書《ものかき》たまわぬは天狗《てんぐ》につかまれて氣《き》のぬけたるゆへと。その[1]けぶりいふものあればかへつて腹《はら》をたてて泣《なき》かなしむを。影《かげ》にて笑《わら》ひて[2]面《めん》ゝの好《すき》ゝとそのなりけりになりて[3]かまふものなく。今にかたり傳《つた》へり。世にはかゝる事もあり

明《あけ》て悔《くや》しき[4]養子《まうし》が銀筥《かねばこ》

世になき物は[5]郷《ごう》の刀《かたな》と[6]化物《はげ》と人の內證《ないしやう》に金銀《きんぐ》ぞかし。[7]いづくはあれど江《ごう》州《しう》の大津《つ》は。[8]山市晴嵐《さんしのせいらんと》渡海歸帆《かいのきはん》此津《つ》の繁昌《はんじやう》[9]馬借《ばしやく》隙《ひま》なく。[10]逢坂《あふさか》の車《くるま》旅人《りよじん》[11]袖《そで》をつらね。[12]これや此関《せき》[13]戸ざゝぬ御代のためしなり。爰《こゝ》に篠原《しのはら》屋の勘吉とて北國《ほつこく》の商《あきない》をして一たびは家《いへ》さかへけるが。いつとなく身躰《しんだい》うすくなりて。世間向《せけんむき》はむかしにかはらず随分《ずいぶん》[14]氣《き》がさに[15]取まわしけれども。おのづから不自由《ふじゆふ》さあらわれかゝれば。日比の律義《りちぎ》にかわり。[16]人はかならず

(1)そぶり。けはい。どうも腑におちない所があるなどということ。
(2)諺。「各人それぞれの好みに対して、わきからとやかくいう必要はない」の意。
(3)故障をいう者もなく。
(4)「まうし」ママ。
(5)鎌倉時代の刀工、郷義弘。正宗に師事し、十哲の一人である。刀の数が少いので、いわゆる希少価値があった。
(6)「はげ」ママ。
(7)どこどこと多くあるが、その中でもとり分け。「古今」「陸奥はいづくはあれど塩釜の浦こぐ舟の綱手かなしも」による。
(8)中国の瀟湘八景に「山市晴嵐」、「遠浦帰帆」がある。それを模した近江八景のうちに「粟津晴嵐」、「矢橋帰帆」があるが、これらを意識して書いた。
(9)馬による輸送業者。
(10)逢坂山をこえる。
(11)相連れて。絡繹たるさま。
(12)蝉丸「これやこの行くも帰るも別れては知るも知らぬも逢坂の関」による。これこそ。
(13)「戸」は関の戸と民家の戸とかける。「交通は自由に、夜は戸をしめなくても盗難の恐れなき泰平の御代たることの例証である」の意。
(14)強気。勝気。
(15)とりさばく。やりくりする。
(16)「人はかならず」の句を入れることによって、特定の事と一般的の事をダブらせている。

ず貧《ひん》より無分別《ふんべつ》をたくみぬ。勘吉ひとりの娘《むすめ》十六になりて[1]形《かたち》も大かたに生《うま》れつきぬ。母親《はゝおや》は過にし春の末世《すへ》をはよふして。其後《のち》は寡《やまめ》そだちによろづの[2]賤《いや》しげに。または[3]徒《いたづら》にもなりぬべき事をなげくうちに。旁《ほうぐ》ゝよりいひ入けれどかつて其談合《だんかう》にのらず。我《わが》うちへ似《に》あひの養子《ようし》をねがひぬ。[4]見え渡《わた》りたる所は棟《むね》たかふして庭《には》ひろく住《すみ》なせしが。世上《せじやう》おもひの外《ほか》[5]錢《ちやん》が壱文なき世とはなりぬ。入聟《むこ》の[6]敷銀《しきがね》にて此家を繼《つが》すべき事をたくみ。[7]拾貫目入十箱《はこ》中には[8]はけ《ママ》もなき物を仕込《しこみ》此宝瓦石《たからぐわせき》におとれり。いかなる聟《むこ》にてもあれ銀百貫目娘《むすめ》に相添《そへ》。家屋敷ゆづりて此身は其日より[9]發心《ほつしん》の望《のぞ》みといへば。みな欲《よく》の世の中此家養子《いへのようし》をのぞむ事数《かず》をしらず。其中に[10]志賀《しが》の浦《うら》里にかくれなく松崎《ざき》九助とて其一村の主筋《しゆうすじ》めなる家として[11]内證《ないしやう》さびしく。表向《おもてむき》の[12]虚《から》大名《みやう》なまなか旦那《だんな》様と[13]いはるゝうらめしく。是[14]いまだ極《きはま》る妻女《さいじよ》もなく渡世《とせい》何をいとなむべしと思案《しあん》なかばに昏《くら》しぬ。是を肝煎《きもいる》を身過[15]にする古手《ふるて》六次といふ男。勘吉が事を聞てよき[16]勝負《しやうぶ》と心にかけしに。[17]おもふまゝならざる方《かた》もなくかけまはる時。九介と前かたよ

(1)器量も十人並。
(2)こまかに気づかいしてやる母がいないために。
(3)不品行。
(4)ずうっと見た見かけは。
(5)「ちゃん」は「永代蔵」五の五にも見える。
(6)持参銀。
(7)小判の千両箱に対し銀は十貫目を一箱にする。
(8)がらくた。
(9)出家。
(10)滋賀郡の琵琶湖畔の村。
(11)一家の経済。ふところ具合。
(12)外見は豪勢に見えて、実際は窮迫していること。
(13)「いはるゝが」の意。
(14)縁談。
(15)商売。謝礼の十分一銀《じゆうぶいちぎん》が目当てである。(本業は古物屋か)。
(16)よい仕事(賭事や勝負事によることばであろう)。
(17)この養子の件は、どの点からも思いどおりの、うまい話だとして。「なく」は「なしと」の意。

り近《ちか》付なればさいわゐにおもひて此段〻《だん〴〵》かたり。今三拾貫目さへ持《もつ》てはいれば。家屋敷と當銀《とうぎん》[1]百貫目を美目形《みめかたち》すぐれたる娘《むすめ》とを其まゝわたし。殊《こと》に聟《むこ》入の夜《よ》より勘吉は発心《ほつしん》の望《のぞ》みなれば。當分《とうぶん》[2]の見せ銀《ぎん》さへ三十貫目調《とゝの》へたまへば。此跡識《あとしき》[3]は丸《まる》取个《か》様《よう》なる結構《けつかう》な事はまた日本にふたつとなき事。殊《こと》にこなたの年《とし》比と能夫婦《ふうふ》。それは打《うつ》て付た事と仲人《なかふど》口に嘘《うそ》をつきまぜてすゝむるに。九助も聞とはや心ときめき是は成ほど[4]相談《さうだん》いたすべしと。伯父《おぢ》に長濱《はま》屋とて彦根《ひこね》[5]の家中《かちう》手びろくする商《あき》人。其日に志賀《しが》を出舟[6]を借《かり》て急《いそ》ぎ。六次がはなせし通《とをり》を一〻かたれば。それは[7]たのもしき身体相違《しんだいさうい》あるかなきを聞合せ。しかと治定《じでう》[8]したる上ならば。當分《とうぶん》の見せ銀は何時なりとも借出[9]してつかはすべしと請《うけ》合たるを悦《よろこ》び志賀《しが》に歸り。六次を呼《よび》にやりて見せ銀はいかほどにても借《かす》べきとの事といへば。扨は目出度《めでたし》此方にすこしもいつわりのなき事はわたくしのうけあひます。急《いそ》ぎ銀《かね》を取よせ給へ。一日もはやいがよしともみたて[10]。程なく日限《にちげん》さだめ聟《むこ》入にきわまり。彼三十貫目をもたせ運《はこ》ばせ。首尾《しゆび》[11]殘《のこ》るところなく千秋《せんしう》[12]

(1) 現銀。
(2) さしあたり。
(3) 遺産。
(4) いかにも。
(5) 彦根藩（井伊氏）の家臣たちに。
(6) 「出」が「志賀を出(る)」、「出舟」と二重に働いている。
(7) 「身体」で読点を打って読む。
(8) きまる。決着する。
(9) 「かし出して」と読む。
(10) せき立て。
(11) 万事よい具合に運び。
(12) 「高砂」をうたうことと、法会の雅楽の最終に奏する所から来た、事柄が終ったということとの両義をかける。

樂《らく》うたひて祝言《しうげん》は相濟《すみ》。勘吉は其夜より只今財宝《ざいほう》わたすと。藏《くら》を開《ひら》かせ有銀百貫目をたしかに見せていづちへか行ぬ。かねてより此覺悟《かくご》さだめて諸國《しよこく》の靈仏《れいぶつ》を拝《おが》みめぐる修行《しゆぎやう》[1]よき仕廻《しまい》とうらやむ人多《おゝ》し。扨九助は商《あきない》に取つくに。諸方《しよはう》の問屋《とい》共聞つけて何をかけても[2]氣遣《きづかい》なし。まづ有銀が百三十貫目は目に見えた身体《しんだい》と。方〻《はうぐ》より米薪柴《たきゞしば》何なり共好《すき》次第に。たのまねども人が肝煎《きもいり》[3]千貫目が商《あきなひ》もなる様仕《ようし》かけたるに。九助おもひの外《ほか》の仕合まづ見せ銀は[4]濟《すます》べしと右の三十貫目をば筥《はこ》の封《ふう》もたがはず伯《お》父《ぢ》がかたへひそかにすまし。いまだゆづりの百貫目には手もつけず。外《ほか》よりきたるあきなひものにて利徳《りとく》大分《ぶん》あがり。此比まで思ふやうに[5]つかはぬ銀《かね》を沢山《たくさん》に遊女《ゆう》博奕《ばくち》にも[6]瓦落〻《ぐわらぐ》とやり捨《すて》。五貫目三貫目の[7]當座《とう》借銀《がりぎん》の分《ぶん》は人も氣遣せず。みづからも[8]水の泡《あは》ともおもはず。次第に[9]惡所《あくしよ》にはまりよからぬ[10]はづみの募出《つのりいで》し上に。仰山《げうさん》商《あきない》物かさみ舟九艘《そう》に積《つま》せ北國《ほつこく》へ[11]廻《まわ》しけるに。例《れい》の比叡《ひえい》の山颪《おろし》に[12]打返《かへ》し[13]以上三十二人の水主《かこ》一人もたすからず。漸《ようやく》船頭《せんどう》[14]片生《かたいき》になつて竹生嶋《ちくぶしま》に打よせられぬ。此時諸方《しよはう》の賣《うり》物

(1)結構な、身の始末のつけかた。

(2)掛売りしても。

(3)千貫目の商いも出来るように持ちかけて来たので。

(4)返済しよう。

(5)つかわなかった。つかえなかった。

(6)ここでは大金を蒔き散らす音をあらわすのに用いた宛字。

(7)小口の銀を、きちんと期限をきめず、ちょっとの間ということで借りること。

(8)僅かばかりの物を何とも思わない。なお、次の「はまる」とともに、後文の水難のくだりと縁語になっている。

(9)遊里のこと。なお、本来の「難所」の意味をもかけて、「深み」に「はまる」ことをもあらわした。

(10)調子に乗って奢り出すこと。

(11)湖上輸送で。

(12)船が転覆し。

(13)合計。

(14)「片息」の宛字であろう。息も絶え絶えになって。

[1]うけ込《こみ》よろづ損銀《そんぎん》四拾八貫三百九拾匁俄《にわか》に是をたて[2]ねばならず。[3]かさねての爲《ため》なれば[4]成程[5]きつと払《はら》ひて見せんと。藏《くら》をひらき彼百貫目の箱《はこ》を五箱取出させ。封《ふう》をきつて見るに是はいかな事銀にはあらず石瓦《いしかはら》なり。九介[6]工夫《くふう》におちず一箱《はこ》〳〵明させけるに。四番目の筥《はこ》のうちに一通《つう》の文あり。我はじめは身体《しんだい》人にまけずゆづり銀三百貫目ありしを。[7]修學《しゆがく》あしく次第にへりて只屋敷ひとつ残れり。内證《ないしやう》人にしられんも口おしく。さいわゐ独《ひとり》の[8]娘《むすめ》に此銀をいつわりて聟《むこ》を望《のぞ》みぬ。夫婦《ふうふ》は二世の契《ちぎり》なればたゞ不便《ふびん》とおもわれ。此事人にしらせず持參《ぢさん》の敷銀《しき》にて[9]跡をたて給へ。近比《ちかごろ》はづかしけれども[10]世は張《はり》もの返《かへ》すぐ〳〵頼《たの》むと書とゞめたり。九介つく〴〵思ひかへせば無念《むねん》やらことはりやら。さだめかねて女房に此事をかたれば。わたくしは少《すこし》もしらざる事といふに。恨《うら》みて詮《せん》なき事ながら此百貫目をあてにこそよろづ大がゝりに[11]仕《し》ちらし。今さら人がゆるすべきにあらずと案《あん》じわづらふにはや[12]大節季《ぜつき》の程ちかく。[13]損銀《そんぎん》をせがみかけを乞《こひ》。人のしりたる百貫目をさし置て。人に[14]借《かす》べき手だてなく。[15]安否《あんぴ》爰《こゝ》にきわまり

(1)引きうけ。
(2)弁償しなくてはならず。
(3)今後のこともあるから。
(4)たしかに。いかにも。
(5)必ず。
(6)思案に落ちず。合点がゆかず。
(7)しがく（志覚）ともいう。工夫才覚の意。
(8)「娘に」は「聟を望みぬ」にかかる。
(9)跡目をついでやって行って下さい。
(10)諺。世を渡るには、見栄をはるのが一つの処世法である。
(11)やりちらかし。商いの仕方の放漫なのをいう。
(12)大晦日。
(13)損害銀を何が何でも貰おうとし、また売掛の銀を取り立てようとし。
(14)「かすべき」ママ。「かるべき」とあるところ。
(15)重大な瀬戸際に追い詰められて。

て師走《しはす》廿八日。[1]不埒《ふらち》なるに人も不審《ふしん》をたて。とても彳亍《たゝずみ》ならず[2]節角《せつく》聟《むこ》に入壱年たゝぬに引[3]屓《をい》合七拾貫目。今はむかしの[4]在所《ざいしよ》はなつかしながら此顔《つら》では歸《かへ》られずと[5]分別《ふんべつ》しめて宿《やど》を出。[6]高觀音《たかぐわんおん》の山下陰《かげ》に行《ゆけ》ば。独《ひとり》の非《ひ》人ありしにことばをかけ。扨も其方は何として其なりになられたぞ。故《ふる》里にて朝夕《てうせき》うわさにて行衞《ゆくゑ》おぼつかなしといひくらすに。爰《こゝ》にて逢《おふ》は觀音《くわんをん》様の御[7]利生《りしやう》。此寒《さむ》きにいたはしやこれ着《き》給へと。羽織《はおり》を脱《ぬい》で着《き》せ酒《さけ》を振《ふる》舞《まい》ての馳走《ちそう》に。此乞食《こつじき》自分におぼえはなけれども。是は[8]過分《くわ》とよい加減《かげん》に[9]あいさつしたるに。たわひなき程に酔《よは》せ。着《きる》物帯《おび》脇指《わきざし》頭巾《づきん》まで遣《やり》ての上に。咽《のど》ぶえ突《つき》とをして自身《じしん》は北國《ほつこく》に立退《のき》ぬ跡《あと》にてこれを見付。やれ九介こそ自害《じがい》したれと[10]沙汰《さた》ありて[11]其なりけりに濟《すみ》ぬ。其後[12]木《きの》め峠《とうげ》の茶屋《ちや》[13]して又此女房を呼《よび》しとなり

(1) 金を払わないこと。
(2) ママ。
(3) 返済しなければならない背負いこみの額が合計七十貫目。「合」は「あはせ」。
(4) 田舎。故郷。
(5) 覚悟をきめて。「しむ」は「締む」。
(6) 正法寺のこと。（真山氏「西鶴語彙考証」）
(7) 御利益（やく）。
(8) 身に余ってありがたい。
(9) 応待。
(10) うわさが立って。
(11) 「そのなりけり」とよむ。
(12) 北陸から近畿に出る要路に当り、今の敦賀市と南条郡の界にある。
(13) になって。

居合《ゐあひ》もだますに手[1]なし

浪《なみ》の音《をと》[2]ひゞきの灘《なだ》を過[3]播磨潟室津《はりまがたむろつ》に舟をよせて。こゝに一夜の[4]礒《いそ》まくら旅《たび》のくたびれを助《たすく》る[5]橘風呂《たちばなぶろ》といへるに行て。[6]入そむるよりいづくも同《おな》じ訛聲諸人《なまりごゑしよにん》のつきあひ。あるひは上るり鼻《はな》うた芝居《しばゐ》の狂《けう》言ばなし心〳〵[7]の中に。此程の事とて此所の喧嘩《けんくわ》[8]のあらましかたる人ありて聞に。いかなる律義者《りちぎもの》も色町《いろ》にては。おのづから[9]うはきになつて[10]鐺《こじり》とがめ[11]詞論《ことばろん》。[12]人の山をなす思ひの海《うみ》。こゝの傾城《けいせい》町の事とよ[9]毎夜《まいよ》噪《さは》ぎ中間《ま》の男[13]風流《だて》革《かは》枕夢藏《まくらゆめざう》高砂《さご》の久八釣鐘敉《つりがねかず》右衞門閻魔《ゑんま》の八左衞門彼是四人遊興《ゆうけう》は外になし。人を打擲《てうちやく》して是を慰《なぐさみ》となして所[14]のめいわくたび〳〵なれど。人みな怖《おそ》れてたてづく[15]ものなく。日を追《おつ》て此組《くみ》下八十四人悪《あく》にはかたむき安き世なり。ある時備前《びぜん》よりしのびて色遊《あそ》びに通《かよへ》る男四五人。彼さはぎ中間に出合。すこしの事をいひ分[16]にとりむすび。たがひに爰はやめがたく[17]抜《ぬき》合

(1)施すべき手段がない。
(2)玄海灘の東の灘。山口県にも福岡県にも面する。「浪の音ひゞく」の意を利かせている。
(3)兵庫県揖保郡の港。昔は瀬戸内海の要津で、また遊女町のあったことで著名。
(4)海岸に泊ること。
(5)「一代男」五の三に「立花風呂」とあるのと同じであろう。
(6)「新勅撰」「恋の山しげき小笹の露分けて入りそむるよりぬるる袖かな」による。さすが、港町のことで、風呂に入るともう、どこの港も同じようなことば訛りを耳にして、人々と一緒に入り、近づきにもなったが。
(7)各人各様の心々であるが、その中で。
(8)前出。一部始終。
(9)気持がうわつき。
(10)刀の鐺がふれたとかふれないとか、僅かなことをとがめ立てすること。
(11)前出。口論。
(12)色町のこととて、喧嘩見物の弥次馬が人山をなすというのと、色町に繰り込む嫖客が山のようにいるというのとダブらせている。
(13)任侠の徒を気取り、腕力を誇る者。
(14)土地。
(15)ママ。「たてつく」とあるところ。
(16)因縁をつけて。
(17)引けないところで。

て打あひけるに。備前の者《もの》ども一命ををしまずかたはしより踏倒《ふみたふ》し。或《あるひ》は[1]手《て》負《おい》または叩《ぶた》れて息絶《いきたゆ》る難儀《なんぎ》の所へ。尾上《をのへ》八九郎といへる[2]穿人《らうにん》かけ合せ。まづは所[3]贔屓《びいき》眞中《まんなか》に立入扱《あつか》ひけるに。死人《しにん》はなくて各〻《おの〱》左右《さう》へ別《わか》れ。備前の人は[4]是を仕合。さはぎ中間は危《あやう》き命をのがれ。皆〱宿へは歸らず。ひそかなる[5]野寺《のでら》に行て[6]面疵痛所《おもてきずいたみ》を養生《ようじやう》しけるこそ身より出せしとがめなれ。漸《ようやく》健《すくやか》になりて彼穿人《らうにん》八九郎に一礼《れい》も申べき事を。かへつて惡《あく》をたくみ。[7]年來《としごろ》我〱《われ》が男風流《だて》此度の[8]卑氣《ひけ》とる事の口をし。八九郎此まゝおかば世間《せけん》へさたして生《いき》たる甲斐《かひ》は[9]なかりき。何とぞ手だてをまわし。討《うつ》て捨《すて》んといひ出すより。各〻《おの〱》同心《どうしん》して内談《ないだん》きわめけるに。中〱[10]易容《たやすく》討《うた》るゝものにあらず。勇力《ゆうりき》人に勝《すぐ》れ[11]兵法《ひやうはう》[12]長練《ちやうれん》して朝暮《てうぼ》其身に油斷《ゆだん》せざりき。いつぞの時節《じせつ》と[13]見合すうちに。山は紅躑躅《つゝじ》のさかり夕日[14]ことさらの折ふし。八九郎人をもつれず麓《ふもと》たどり行を。釣鐘《つりがね》の数《かず》右衛門[15]つけ出し。俄《にわか》に[16]竹葉《ちくよう》の一滴《てき》をとゝのへ。跡《あと》より山ふかく分《わけ》入て八九郎を[17]是非《ぜひ》に招《まね》き。おもしろ可笑酒《おかしくさけ》になして。[18]挨拶《あいさつ》入かわり立かわり。前後《ぜんご》わ

(1)傷を負い。
(2)ママ。牢人。
(3)土地の者に肩を持って。
(4)この仲裁を仕合せとした。
(5)野中の寺。
(6)顔にうけた疵。
(7)何年も我々が男を立てて来たのに。
(8)おくれを取る。まける。
(9)過去の形で書いてあるが、「ない」の意味。
(10)ママ。
(11)剣術。
(12)練習。訓練。「調練」とあるのが正しい。
(13)機会をうかがう。
(14)夕日に一段と赤く見事であった折。
(15)尾行し。
(16)「酒を用意して」の意。
(17)無理やりに。
(18)ママ。ここでは酒の相手をすること。

するゝばかりにもり[1]流《なが》し。我しらず[2]草《くさ》まくらの所を各〻《おの〳〵》鋒先《きつさき》そろへてさし殺《ころ》し顔《つら》の皮《かは》をめくりて遙《はるか》なる谷陰《たにかげ》に捨《すて》て歸りける。其後[3]柴《しば》人の見出し[4]此沙汰《さた》つのりて。諸人《しよにん》見にまかれども[5]面損《おもてそん》じて見知《みしり》がたし。こゝに八九郎が妹《いもうと》お七といへる女いまだ十六成《なり》けるが。兄《あに》八九郎宿《やど》に歸《かへ》らぬ事をふしぎに彼山に入て死《し》人の俤《おもかげ》を見しに。[6]奥嶋《おくじま》の綿《わた》入に繻子《しゆす》の袖裏《そでうら》。我手にかけて仕立着《き》せ[7]ましたにうたがひなくこゝろは空になりて死骸《しがい》に取付んとせしが。外より見るを忍《しの》びしばらく泪《なみだ》をおさへ。[8]何となく私宅《したく》へ歸り母《はゝ》のなげきを思ひ此事をかたらず。其明《あけ》の日早《はや》く身に薦《こも》をかけ破《やぶ》れし笠《かさ》に皃《かほ》をかくし袖乞《ごひ》の如《ごと》くなりて。八九郎死骸《しがい》より遠《とを》ぎ《ママ》松陰《かげ》に打臥《ふし》て。見物のありさまを[9]見とがめけるに。みな〳〵あわれとばかりいひ捨《すて》しばらくは見る人もなかりしに。血氣《けつき》さかんの若者《わかもの》一日に三度《ど》まで見にまかりて是をなげかずわらはず。人立の所をはなれてとかく神《かみ》ならぬ身なれば人間《げん》はだますに手なしとさゝやきて歸るを。とくと聞とゞけて跡《あと》より其宿《やど》に[10]付込《こみ》それより私宅《したく》に歸り母に此事をかたりて人しれず訴状《そじやう》をした

(1)大量の酒をのませ。もりつぶし。
(2)草の上にねてしまったところを。
(3)柴刈りの者が。
(4)「この沙汰」。この評判が高くなって。
(5)顔が損傷をうけて。
(6)赤糸入りの立縞。桟留縞の一種。
(7)丁寧の助動詞。「着せ申した」の意。終止形は、「ます」または「まする」。
(8)さらぬていで。
(9)監視した。
(10)前出。ついて行って、つきとめ。

ゝめ。所の奉行《ぶぎやう》職《しよく》に言上《ごんじやう》申て[1]なげき奉れば。彼者どもを俄《にわか》に[2]取へて穿《せん》鑿《さく》におよびけるに。證據《しやうこ》たゞしからねば[3]爰《こゝ》をあらそひぬ。されども傾城《けいせい》町の喧嘩《けんくわ》世上にかくれなく。八九郎其時[4]出合あつかひし事より吟味《ぎんみ》仕出して。獨《ひとり》〳〵たづね給ふに。其たび〳〵詞《ことば》相違《さうい》してあらはれかゝり。さま〴〵の詮義《せんぎ》に[5]落《おち》て人を殺《ころ》せしその科《とが》をのがれず。此中間《なかま》殘らず[6]世の掟《おきて》とはなりぬ。彼娘《むすめ》が事さすがは武士《ぶし》の家に生《うま》れ。女ながら智《ち》あり勇《ゆう》ありとて。[7]暦《れき》〳〵の[8]郷侍《ごうさぶらい》是をもらいて一子に嫁合《めあはせ》。母も一所に引とり孝《かう》を盡《つく》し侍る。哀《あわれ》や人の身の果《はて》八九郎生國《しやうこく》は肥前《ひぜん》[9]嵯峨《さが》の者《もの》なりしが今播州《ばんしう》の[10]實相室津《じつさうむろつ》の土《つち》とはなりて塚《つか》のみ殘れり

織《をり》物屋の[11]今中将姫《ちうじやうひめ》

古代《こだい》より杣《そま》を入ず櫟《いちゐ》の梢茂《こずへしげ》り。[12]位山《くらい》の氣色《けしき》[13]名《な》にふれておもしろく。折ふ

(1)歎願申し上げたので。
(2)ママ。捕えて。
(3)激しい対決となった。
(4)前出。仲裁した。
(5)白状して伏罪し。
(6)法に照らして処刑された。
(7)ママ。歴々。
(8)郷士。田畑を所有せる土着の武士。
(9)佐賀とあるべきところ。
(10)実相無漏と室津の掛言葉。実相無漏とは宇宙万象の真実の体相は一切の煩悩を解脱した清浄の境界であるということ。
(11)大和の当麻寺に入って尼となり、蓮の糸で当麻曼陀羅を織った中将姫に擬して、こう呼んだ。
(12)飛驒高山の南方にある山。全山、一位の林でおおわれている。古来この山の一位は笏の材として有名で、木や山の名は爵を賜わってついたものと伝えられる。
(13)「位」の山名と、木の名の関連についていったもの。

しの涼《すゞ》しさ夏[1]なき飛驒《ひだ》の山里に入て一夜《や》をあかしけるに。賤《しづ》の手業《てわざ》にはやさしく。上機《ばた》[2]の筬《おさ》のをとまくらにひゞきわたり。夢もむすばぬ旅宿《りよしゆく》[3]のあるじ取まぜての物がたりの次《つい》でに。ふしぎなる事をこそ申侍れ。此里に岡村善《おかむらぜん》太夫といふ夫婦《ふうふ》四十餘才《よさい》まで一子もなき事をなげき。尾州《びしう》熱田《あつた》[4]の宮《みや》に宿願《しゆくぐわん》をかけしに祈《いの》るしるしのもうし子[5]。其程なく誕生《たんじやう》して鄙《ひな》には幷《ならび》なき形《かたち》[6]の娘《むすめ》なりき。次第に成長《せいちやう》して五才より教《おしへ》ぬ道《みち》の讀書《よみかき》くらからず七才にして詩哥《しいか》をつらね。十一より所ならひ[7]の紬嶋《つむぎじま》[8]いとなみけるにさのみ餘《よ》の女に手わざのちがふ事もなくてありながら。人の三日に一端《たん》[9]を織下《おりをろ》すを半《はん》日に織《をり》てしかも勝《すぐ》れてうつくしく。是ゆへ此家冨貴《ふつき》してことさら仏[10]のみちうとからず。人皆申ならはして今中将姫《じやうひめ》といへり。此娘《むすめ》毎《まい》月朔日《ついたち》に八劔《つるぎ》[11]の宮《みや》へ參詣《さんけい》しけるに。國里隔《へだて》しはる〴〵を一日のうちに下向し侍る。此事うたがひて樣子《やうす》を尋《たづ》ねけるに。尾張《をはり》の事ども道すがらのありさま委細《いさい》にかたりけるを其後聞合せ侍るにすこしもたがはず。いよ〱奇異《きい》のおもひをなしける。程なく十五才になりて都《みやこ》にもあるまじ

(1)夏の暑さを知らぬ。
(2)かみばた。麻や絹を織るに用いる機。
(3)「旅宿」の語は、上下にかかる。
(4)今の熱田神宮。
(5)神仏に祈って授かった子。
(6)器量のよい娘。
(7)土地のならわしの紬縞（飛驒紬）。
(8)（織ることに）いそしんだ。
(9)一反。
(10)仏道信心が深かった。
(11)熱田神宮の南にあって下宮という。

き程の美形《びけい》[1]。爰の山家《が》にこがれ嫁《よめ》に望《のぞ》み入縁《いりゑ》[2]のねがひ若男どもの是をなづむ事かぎりなし。善太夫夫婦《ふうふ》次第に家さかへければおのづから娘自慢《じまん》して。[3]世上を見合今に聟《むこ》といふものをさだめず。彼是見合せ里つゞきの長《おさ》に菅垣《すげがき》伊兵衞といへる人よろづに不足《そく》なく。材木《ざいもく》の商賣《しやうばい》して世をわたりけるが。是に望《のぞ》まれ一子の伊之助に嫁合《めあはせ》ける。時にふしぎは此むすめ[4]冣愛《さいあひ》のこゝろ出しより。熱田《あつた》へもふでの通力《つうりき》も失《うさ》り。機物《はた》の早業《はやわざ》も常《つね》の女のごとくなりて形《かたち》もいつとなく醜《みぐるし》く山家《が》そだちの[5]風俗《ふうぞく》となれり。世にはかゝる[6]希代《きたい》もあるものぞと此事をかたりぬ

御代《みよ》のさかりは[7]江戸櫻《ざくら》

同じ櫻もよき所に咲《さき》て人に見らるゝこそ花も仕合なり。ある時むさしに行て淺草《あさくさ》のほとりに一夜を明《あか》し。折から[8]八十八夜の朝霜旅《あさじもたび》の草鞋《わらんぢ》に踏分《ふみわけ》。

(1)美人。
(2)入婿。
(3)あちこち見比べ、家柄財産を考慮して。
(4)夫を愛する心。人間的な感情。
(5)すがた。
(6)世にまれな不思議なこと。
(7)(江戸に多いから名づけられた)吉野桜の異名。最終章は例によって、ハッピーエンドを持って来て、題名にも江戸幕府の治世に対する祝意を籠めている。
(8)立春から数えて八十八日目の夜間においた霜。「別れ霜」という。その年最後の霜になるという。

上野の春に値《あへ》[1]りさながら[2]よし野を爰に。花の都もおよばざりし氣色。黒《くろ》[3]門向《もんさき》より末の松陰《かげ》まで唐織《からをり》[4]の幕《まんまく》うたせ。袖累《がさ》[5]ねの衣裝《いしやう》づくし鹿《か》の子《こ》ならざる小褄《こづま》[6]もなく美《び》をかざりての女酒[7]もり。撥音《ばちをと》の色糸[8]あるは一節《よ》切《ぎり》[9]に吹《ふき》[10]たてられ。裙《すそ》[11]かへしの紅裏《もみうら》などほの見へ。かゝる法師《ほうし》の身さへ心うか〱となりぬ。また糸櫻の影《かげ》に散《ちり》[12]まへををしむ。少年《しやうねん》のまじり衆道はこゝこそさかり。張《はり》つよく情《なさけ》ふかく是また見捨《すて》て歸る[13]鳫《かり》つてもなく。筆[14]のはやしの墨染《すみぞめ》櫻のもとに。玉むし色の繻子《しゆす》の廣袖《ひろそで》[15]を着《き》て厚鬢《あつびん》[16]跡《あと》さがりに剃《そり》なし。金鍔《つば》[17]の一差氈《ッざしせん》敷《しか》[18]せて座《ざ》して艶《やさ》しき花は見ずして。古文《こぶん》[19]の上巻《くわん》をひらき朱《しゆ》をもつて頭《かしら》[20]書己《おの》が宿《やど》にてもなるべき事を。無用《よう》の出《で》過ものとはおもひながら。千差《せんじや》万別《べつ》の人心。ことさら天下[21]の町人おもふまゝなる世に住《すめ》るは有がたき時津[22]風《かぜ》しつがに並《なみ》[23]木櫻の影《かげ》に通町の中橋あたりの何某《なにがし》。噪《さは》[24]ぎ哥《うた》に四五人頭《づ》をふつての手拍子《びやうし》いづれか當世《とうせい》[25]男ならざるはなし。酒も半《なかば》の所へ十七八なる若衆空《そら》色の小袖に唐鹿《からじゝ》[26]の紋《もん》所黒繻子《じゆす》の袴股《はかまもゝ》だち取て抓《つかみ》[27]ざしの大小浮《うき》[28]世笠にて皃《かほ》をかくし。羽織《はおり》は小者にもたせ。彼

(1)ちょうど出会った。
(2)まるで吉野山をここに移したように、あの美しい京都もおよばない春景色。
(3)上野寛永寺への入口の、黒塗りの柵門。今の公園入口辺にあった。
(4)金襴・緞子・綾・綸子の類。「まんまく」とあるが、「小袖幕」も含まっていることであろう。「紫の一本」下に、参考になる上野の花見の景色が見られる。
(5)袖が見えるようにした重ね方という。「衣裳づくし」は、さながら衣装の展示場のごとき様であるのをいった。
(6)「褄」と同じ。
(7)女ばかりの酒宴。「五人女」一の三にも。
(8)三味線。
(9)尺八に似て短く一尺八分の笛。竹の一節で作るよりの名称。
(10)気分をそそられ。なお、「吹たてられ」、「裾かへし」。「紅裏などほの見え」は縁語。
(11)わざとかえしてある裾裏を風がかえしたようにいいなしたものか。
(12)花の散るのと、前髪の散るのとをかけた。なお、白楽天の「踏花同惜少年春」を利かせる。
(13)「見捨て帰る者なく」の意味に、花を見捨て帰る「帰雁」を重ね、「雁」を「雁のつて」(雁のたより)とつゞける事によって「筆」をひき出している。
(14)書き出す歌文の数の多いことをいう。ここは下の「墨染」桜を出して来る働きをしている。なお墨染桜は花は、大形単弁・微紅色を帯びた白色、芳香がある。サトサクラの一品種。
(15)袖下を縫い合わさないもの。
(16)「厚鬢」は上品な髪風。「跡さがり」は鬢の形が後さがりになるように月代を剃った、当世的な風俗。
(17)金鍔の脇差を一本差すこと。
(18)毛氈。

小哥立聞せしが遠慮《ゑんりよ》もなく其座に入て。胖《ゆたか》に座して[1]捨盃《すてさかづき》を取あげ。給《きう》仕《じ》せし小坊主《こぼうず》につげとてさし出しければ。こぼるゝばかり盛《もり》かけ。各ゝ《おのおの》うつくし過て[2]興《けう》をさましにける。其座に[3]伽羅屋《きやら》の新吉といへる美《び》男に。[4]二世までおもわれたきとて。飲《のみ》残して手より手に渡《わた》しけるに。いづれも酔《ゑひ》のまぎれに無分別《ふんべつ》に聲《こゑ》を立[5]祝言《しうげん》のことはじめ。[6]三國一とうたひける其後盃《さかづき》かず〳〵にめぐりても此若衆笠《かさ》をとらず。さらに心うちとけず。暮がたまで歸りもやらず折〳〵[7]酔狂《すいきやう》に見せて。新吉が膝枕《ひざまくら》して爰をかり[8]の情《なさけ》と空鼾《そらいびき》せしとは思ひながら[9]嬉《うれ》しさ袖に餘《あま》り[10]たはふれも今ぞと思ふ時。[11]江戸に住透《すむすい》の付合獨《ひとり》〳〵はづして[12]殘るものとては松の夕風。[13]弁當《べんとう》取置親《をや》仁《じ》ばかりしかも耳《みゝ》うとく。首尾《しゆび》ならば此時になりぬ。彼若衆ほとりを見合せ。花よりさきに人の[14]散事《ちる》を悦《よろこ》び。ひだりの袂《たもと》より金子三百兩つゝみしを取出し。新吉が膝《ひざ》の上に[15]重《おも》く置けるは。すこし[16]さもしきやうになれども[17]苦《くる》しからぬものなり其後耳ちかくさゝやきしは[18]我親とても親類《しんるゐ》もなく。仇《あだ》に朽《くち》ぬる花なれば行末までを頼むなり不便《ふびん》をかけて見捨《すて》給ふなと。

(19)「古文真宝」の略称。
(20)頭注を加えること。
(21)江戸・京・大坂その他の幕府直轄地の町人。
(22)「有がたき時」と「時津風しづかに(吹く)」と、「時」をダブらせている。時津風は時節にかなった風。「しつがに」ママ。
(23)並木桜の花の下に、中橋あたりの連中が座を占めているのである。「通町の中橋」とは、旧京橋の中橋広小路。「通町」は須田町から日本橋を経て、芝金杉橋までの南北の大通りをいう。
(24)遊里にくりこんだりする時うたう陽気な唄。
(25)当世風の色男。
(26)「鹿」は宛字。獅子の形の紋所。
(27)無造作に刀を腰にさすこと。
(28)当世風の笠。

(1)誰かが呑んだあと、それなりに放置されてある盃。
(2)不審でかえって興をそがれる思いであった。
(3)奢侈品を売買するいわゆる「花車商い」であろう。
(4)男のはずの若衆が、まるで夫婦固めの盃のように新吉に。
(5)さあさあ祝言のはじまり。
(6)三国は日本・中国・印度。「三国一じゃ。何々になりすました」という小歌が祝言の席で歌われた。
(7)酔って調子に乗ったように見せて。
(8)上に対しては「借り」、下に対しては「仮り」の意味でつづけてある。「かりそめのお情をたよりに、ここをお借りして」と、はやくもいびきをかきはじめたのは、空いびきだとは思いながら。
(9)新吉としては一杯の嬉しさで。
(10)後文の「首尾ならば此時」と同じ。
(11)さすが江戸に住む粋な遊び仲間で、粋を利

貞《かほ》にまことをあらはし少なみだぐみしは恋《こひ》[1]といふたゞ中。其まゝ[2]消《きへ》たき程になりぬ。さま〴〵ちかひして命をかぎりにと申かはせしは。前後《ぜんご》のわきまへもなく愚《おろか》なる事ながら其身になりては道理《どうり》にぞありける。しばしのうちに打とけ忍び笠も脱《ぬぎ》。こゝろの程をあらはしけるに。此人まことは女小性《こしやう》[3]なり新吉にいまだ婦妻《ふさい》のなき内證《ないしやう》[4]を能《よく》しりてかくは仕かけ侍《はべ》る。此面かげを思ひ合すにいつぞやさるお寺《てら》にて見しやうにおもふ程[5]それなり。とかくはふしぎはれがたく我宿[6]につれて子細《しさい》をきくに。腹には《ママ》けありて産月《うみ》[7]もちかき難義《なんぎ》をおもはれ。長老様[8]のをくられけると[9]。思案《しあん》して仲人《なかふど》[10]なしの縁組《ゑんぐみ》是仕合のはじめ。近所《きんじよ》へひろめて千秋樂《せんしうらく》[11]をうたはせける相生《あいをい》[12]の松風なを千代[13]かけて夫婦《ふうふ》の中橋《なかばし》に住《すみ》なして東《あづま》の伽羅《きやら》屋と其名を殘しぬ

かせて。

⑿謡曲「松風」の「松風ばかりや残るらん」による修辞。

⒀片づける。

⒁いなくなった事。

⒂ずっしりと。

⒃いやしい。

⒄差支えのないものだ。

⒅「われ、親とてもなく、親類もなく」の意。

(1)正真の恋。生粋の恋。
(2)そのまま、消え入ってしまいたいというほどの、可憐な様を見せた。
(3)女が男装して小姓姿になったもの。寺などに勤め、和尚の相手をする。
(4)内情。
(5)おもえばおもう程。
(6)新吉が、その女小姓を、我が家に。
(7)「ちかき」は上、下にかかる。「産月もちかく、そんな事になると厄介でうかうかしてはいられない」と。
(8)寺の住持に対する敬称。
(9)三百両をつけて、お送りになったものであると合点して。
⑽仲人なしの縁組を結ぶことになったが、これが開運のはじめであって、まずは近所へ……。

⑾祝言を行なった。

⑿謡曲「高砂」「相生の松風颯々の声ぞ楽しむ」による。

⒀「千代」は「松」の縁語。いつまでも夫婦の仲むつまじく、江戸目抜きの中橋に住んで。「中」はかけことば。

解説

一

「懐硯」は大本五巻より成る西鶴の著作の一で、序文の日付は「貞享四年花見月初旬」（一六八七年三月上旬）とある。本書の初板本は今日存否不明で、稀書複製会の複製本も普通行なわれている活版本も、後年（宝永初年以前、元禄を下らない。）の再板本（それさえ伝本は稀である。）によるものであり、序文の署名を削り、巻首に総目録をまとめて載せる（その代り各巻巻頭の目録を去る。）など原板の板式を改めたと見られるが、序文の日付をはじめ内容的には変改が加えられていないであろう。また天理図書館蔵の複数の零本から、原題簽の角書に「一宿道人」とあったことが今日では知られている。なお、本書の改題本に「匹身物語《するすみ》」、改竄本に「筆の初ぞめ」が存する。

貞享二年（一六八五）刊「西鶴諸国はなし」の系列に立つ雑話集で、本書はいわゆる諸国咄形式の奇談の集成である。しかしこの両者を比べると多くの共通点とともに種々の相違点が認められる。前者は序文によれば作者が旅をしてただ諸国の奇談を集めたという形（もっとも「大下馬《おほげば》」という別名に従えば、その咄がいながらにして集められたことになろうか。）のものであったのに対して、後者は諸国を放浪する伴山という半僧半俗の道人《どうにん》が、各地において一宿しては見聞した異聞奇事を集録、報告するという形をとる（ただし巻一の一の始めの方は、作者による伴山の紹介である）。掲載の国の順に必ずしも一貫したもののないのは「西鶴諸国はなし」の場合と同様である。また前者においては、章の終りに作者の感想批評めいたものは、その巻一の三、巻二の六の外には見えないが、後者ではその数が多くなっており（説教めいた口調のものも混じる）、それが伴山を介して示される。咄自体への伴山の介入ぶりは概して浅いというべきであるが、時としては、単なる報告者たるよりは深くなっている（巻二の二、巻二の四、巻三の二等）。

次に「西鶴諸国はなし」の世の異聞奇事に興じる所から、本書には人間存在そのものへの関心と、関心の移行が判然と示されていることである。勿論「西鶴諸国はなし」にしても、それ以前の仮名草子の怪談集や因果物とは諸国咄の形式は借りつつも、全く異なった新鮮なものになっていて、超自然的存在を題材とした奇談も、その人間化というか俳諧化というか、神霊的なものの卑俗化や怪異的なものの可笑化の態度があらわであり、現実社会に材を得たその人生奇談ともども、作者の人間への興味を窺うべき、それは余りに人間臭い作品であった。その序文のいうところは、狭く或いは固陋に限られた眼を否定して、広大な世間（人間社会）には或いは現実的、或いは超自然的の、常識をもってははかられぬ各種各様の事物の存在する（人はばけもの世にない物はなし――序文末尾）のを、それとして、柔軟に認識すべきで、新しい時代の人間の知見はそれを踏まえその上に立たねばならぬとするものであった。（こうして集められたのが「西鶴諸国はなし」の内容をなすそれぞれの現実的な奇談、超自然的な怪事であるけれども、例えば狐は化ける物と信じられていた時代であるから、現実的、超自然的と分けるのに現代の一応の科学的尺度は必ずしも通用しないわけであろう。）

この「西鶴諸国はなし」の立場は、当然のこと、「懐硯」にも踏襲されている。その序文の中の「しらぬ山しらぬ海も旅こそ師匠なれ」がそうであるし、また巻四の二「憂目を見する竹の世の中」が然りで、そこには、万が一にもあり得ないような珍らしい事件が実際に発生した場合、発生したそのことによって、もはやそれは珍らしい事件ではなくなるという考えが見られるのである。それを知らなかったために三人の生命が失われたとして、つまりは人間の視野の拡張、知見の充実向上を強調するものであるが、事の珍らしいか否かを決める尺度は経験の有無ということになり、一種の素朴な経験主義ということになろう。もとより「西鶴諸国はなし」の奇事異聞を貪婪に摂取しようとする知識主義の根柢も、またかくの如きものであったわけである。

しかし「懐硯」には、西鶴の関心が、人事も事件的な外枠ばかりでなく、さらに進んで、関係する人間の心の内側にもおよんでいたのは、巻一の一「二王門の綱」に「世の人ごゝろ銘々木々の花の都にさへ人同じからず。まして遠国にはかわれる事どもありのまゝに物がたりの種にもや……月ばかりはそれよ見る人こそたがへ」とある言からも知られよう。具体的には、それは事件に濃淡さまざまの度合で触れる人々の心の、種々さまざまの対応乃至反応の仕方への興味となって示されることが多かった。(「西鶴諸国はなし」にそれがないというのではない。例えば巻一の三「大晦日はあはぬ算用」等。)「月ばかりはそれよ見る人こそたがへ」は極く手近な例でいえば、同章の終りの方の「鬼の手」をめぐる人々のそれぞれの考えや態度の違いを記すところにも現われているであろう。巻二の一「後家に成ぞこなひ」に、家長の仮死という事件に際しての、妻や弟たちの遺産をめぐる各人各様の思惑を暴露してあったのもそれであるし、巻五の一「俤の似せおとこ」の夫として入りこんだ似せ男と妻とのてんでんの心(さらには周囲の人々の心)の中であるとか、巻五の二「明て悔しき養子が銀箱」の欺し合う舅と聟との腹の中とかを窺わせるのもそれであった。このように作者の関心が内面にも向けられたというのは、西鶴が、事件の面白さを伝えるのに目的のある説話作者であることから、雑話集の系列内部でも、小説作家に生長しつつあったことを示すものであろう。

森山重雄氏は、『懐硯』の主要説話は、人間の運命そのものの奇異性を描いている点にあるだろう」として、巻一の四「案内しつてむかしの寝所」を筆頭に幾つかの人生奇談をあげ、「運命の奇異性に興味と関心をもつ」西鶴を示しておられる（「解釈と鑑賞」二五巻一一号）。氏のいわれるごとく、「懐硯」では、何か無気味な、それの存在の考えさせられる人生奇談がまず心をひくが、そういう人間を操る運命というような陰微なものを見詰めようとする西鶴の眼と、人心の種々相というような内面的なものに関心を寄せる彼の眼とは、統一されて一つの物であったろう。西鶴が談林俳人から転じて天和二年（一六八二）刊「好色一代男」の作者となり、爾来かような方向に進むのが必然のコースであろうにしても、なお、「西鶴諸国はなし」から「懐硯」までの間には、浮世草子に限っても、貞享二年（一六八五）一月刊「椀久一世の物語」、貞享三年（一六八六）二月刊「好色五人女」、同年六月刊「好色一代女」、同年十一月刊「本朝二十不孝」、貞享四年（一六八七）一月刊「男色大鑑」の人生探求の実績が挟まっていることを思えば、それも至極当然なことであった。なかんずく、さほど離れていない「本朝二十不孝」は不孝に焦点を合わせ、人の世の因果の理法を文学化しようとした奇談集であった。

説明が前後したが、早く暉峻康隆氏は「西鶴諸国はなし」、「懐硯」の両書に含まれている説話を比較して、前者が全三十五話中超自然的題材を取り扱ったのが十九話であったのに対し、後者は全二十五話中八話であったとして「西鶴の興味が超自然的なものよりも現実的な人の世の奇異に傾いたことを物語るものであらう」（「西鶴評論と研究」）と記しておられた。

二

ところで、西鶴のこれらの話題は、伴山のごとく旅の途次で得たものもあろうし、大阪にあつて種々の機会に地方俳人たちから聞き知った奇談もあったであろうし、また文献から得た材料もあったことであろう。これらを伴山が各地で採集したとしているわけであるが、西鶴はその場合たとえ事実に触れた事であっても、時所に窮屈に拘束されることなく、自在にフィクション化していた。例えば巻一の一「二王門の綱」の洪水が延宝二年四月十一日のことであるのに書き具合からは延宝四年五月のことであったように記されるのもそうであろう、且つそれが伴山の旅立ち最初の見聞であったのに、巻一の三「長持には時ならぬ太鞁」は、それより十二三年以前の事である筈の、玉川千之丞江戸下りの寛文元年のことでなければならなかった。（因みに巻一の三は、中に長い時間が含まれてもおり、たとえ旧聞に属するにしても、伴山の耳の経験として受け取れればよいが、始めの方の文章からはそうは取れないばかりかその時の現場の生々しいものを感ぜざるを得ない。一宿道人の旅硯としての筋を通すとすれば、構成の巧みさとは別に、根本的な欠陥となることであろう。）また巻四の三「文字すはる松江の鱸」は、前田金五郎氏の説によれば、「山鹿素行年譜」貞享元年三月十六日の条に見える、能州より四文字の上に据わった大鱸魚献上のニュースと、寛文元年刊「片仮名本　因果物語」下一四の説話のごときを取り合わせ、鱸の名産地松江に舞台を取って構成したものかといっておられる（「解釈と鑑賞」二五巻一一号）。西鶴の説話化の態度をこれらからも知ることができよう。

まず超自然的というか非現実的というか、そうした咄としては、「西鶴諸国はなし」巻一の七と同様狐を人間化しつつ、それに見られる報復は全くない無邪気な化けくらべの怪異を描いた巻二の五「椿は生木の手足」のごとき化物話もあるし、夢寐の間に竜燈を拝む巻三の二「竜燈は夢の光」のごとき、伝説を踏まえたものもある。しかし、この竜燈の話は、夢現定かでないものとしてあるところに、作者の合理化の気持がうかがわれるようである。かような類、民話伝説の系譜に立つものとしては、なお、継子譚と仙境譚の結合した巻二の四「鞁の色にまよふ人」、瓜子織姫の系統であろうか神の申し子譚である巻五の四「織物屋の今中将姫」などがある。今中将姫は、結婚後、夫を愛する心がおこるとともに、霊力も失せ、容色の美もなくなつてしまう。神霊からこの世の俗人に下落し、話も現実的となつてしまうのである。巻四の四「人真似は猿の行水」は筑前の猿塚伝説に基づく由であるが、それが、若い男女の恋愛から二人の発心に終る、(内に男の改宗の件を含む)現代風な話柄として構成されている。類はちがうが、巻一の一「二王門の綱」は際物的事件をからませた、いわゆる愚人譚(おろか村)の現代版といってよかった。これらは、話を人間に近づけ現実めかし現代めかそうとする彼の姿勢を示すものであろう。今挙げた中で始めの三話が伴山の、聞書でなく、実見談として記されるのも何ほどかの現実感を付与しようとしたものであろうか。巻二の四などは、それとして、神秘的な実感の感得されるものであったが、惣じて、この類の咄としては「西鶴諸国はなし」より、数の上ばかりでなく超自然的な奇異に興ずる姿勢として後退していることは否めないであろう。怪異の可笑的扱いの見られるのも、今触れた巻一の一、巻二の五のほかには、巻三の三「気色の森の倒石塔」の祈り出された虎猫の死霊の述懐の部分だけであった。彼に感じられるこの種の明るいユーモアが此には減少していた。

それとうらはらに、「懐硯」の特色として上げるべきは、さきにも触れた、現実的な人生奇談であった。巻一の四「案内しつてむかしの寝所」、巻五の一「俤の似せおとこ」のような愛欲の問題を扱った好色本的な説話、巻二の一「後家に成ぞこなひ」、巻五の二「明て悔しき養子が銀箱」のような金銭の問題を扱った町人物的な説話がそれで、西鶴はそういった問題を、多く運命のいたずらに弄ばれる人間の相と重ねて描いている。巻一の四はその色との例であり、巻二の一はその金との例、またこれは町人物的とはいえまいが巻一の二「照を取昼舟の中」はその金との、というより賭博心理との例であった。思うにまた色と金の二つに、さまざまな世の人心の内奥も窺い知られるわけであったろう。今、町人物的と記したが、本書刊行の翌貞享五年(一六八八)一月に「日本永代蔵」がいよいよ刊行の運びとなる、そのついそこまで西鶴の歩みの達している観があった。

つぎに、「西鶴諸国はなし」にも武家物語な題材があったが、「懐硯」にも巻一の三「長持には時ならぬ太鞁」、巻一の五「人の花散疱瘡の山」、巻二の三「比丘尼に無用の長刀」、巻三の五「誰かは住し荒屋敷」、巻五の三「居合もだますに手なし」と数えられた（部分的にならば他にもある）。本書刊行の貞享四年には一月「男色大鑑」、四月「武道伝来記」と続き、翌年二月「武家義理物語」と武家物は頂上に達する。（やがてその十一月「新可笑記」から翌元禄二年一月「本朝桜陰比事」と関心は他にずれてゆくが、）この時期の彼は一方で積極的に、珍らしい武家生活に材を得ようとしたものであろう、この五篇の説話もその関心の露頭と考えられる。さらに、前年の「本朝二十不孝」の系統をひく因果譚も、巻三の五「誰かは住し荒屋敷」、巻四の三「文字すはる松江の鱸」と見ることができるし、また「新可笑記」の中の大きな分野をなす犯罪物的なものも、巻四の五「見て帰る地獄極楽」や、視点をずらせればそうも考えられる巻五の一「俤の似せおとこ」、巻五の二「明て悔しき養子が銀箱」、巻五の三「居合もだますに手なし」などと事欠かないのである。

かように考えて来ると、晩年の作品のように醇熟の境に達しているとはいえないけれども、「懐硯」を西鶴の浮世草子の全領域にまたがる、それも質的にかなり高度の、サンプルと見ることもできるのではなかろうか。それにしては、本書はこれまで顧みられることが少な過ぎたように私には思われるのである。

西鶴は「懐硯」では、中に用いている素材（モチーフや構想をも含む）を、前にも用いたか、またはその後でも用いるかした場合が、他の作品の場合よりも多いように思われる。いずれにしても、それは彼がそれらの素材に強い関心を持っていたからであろうし、前、後の各々の場合の説話の変り方を吟味することが大切であろう。参考までに対照させて掲げておくが、いろいろの方のいろいろの角度からの指摘に多くを負っている。

巻一の四――武家義理物語巻五の五、万の文反古巻四の一　巻一の五――武家義理物語巻一の二　巻二の一――新可笑記巻二の六、同巻五の五、万の文反古巻三の二　巻三の一――西鶴諸国はなし巻三の三　巻四の一――世間胸算用巻五の三　巻四の三――好色一代女巻六の三　巻四の五――本朝桜陰比事巻四の六　巻五の二――好色五人女巻三の三　巻五の五――好色五人女巻五の三四

（素材調査はもつと推し進めるべきで、例えば彼の俳諧の中に求めれば、巻五の二――乾坤の箱を明ては何もなし／馬鹿つくされし親の跡取「大矢数　第四」などと探ることができよう。また、さかのぼつて彼以前の物に類型を求めれば、巻一の四――伊勢物語第二十四段、巻三の一――狂言「六人僧」、巻四の一――御伽草子「三人法師」、巻四の五――醒酔笑巻一「謂《い》へば謂はるる物の由来」第四十三話《なおさかのぼっては古今著聞集巻十二の天竺の冠者、宇治拾遺物語巻十一の九などの詐欺僧の話》等があげられるが、さらに広く民話の中に、類話類型を考えて行く必要もあろう。後世の文学への影響は、今は省略する。）

「補記」本書では、「たはふる」、「かうふる」などの「ふ」には、もとのままに濁点を付けないでおいた。日本古典文学大系の守随先生、大久保氏の「近松浄瑠璃集　下」の解説に見える、「む」とよむべき「ふ」である公算が考えられるからである。（それは「懐硯」だけでなく原則的には西鶴の作品に通じていえることのように思う。）とりあえずこの事だけを記しておく。

校註　懐硯

平成12年4月30日　第6版発行

著者　田崎　治泰

発行者　池田つや子

発行所　有限会社 笠間書院

〒101-0064 東京都千代田区猿楽町2-2-5

☎03-3295-1331　振替 00110-1-56002

ISBN 4-305-00124-1　小田製版印刷・笠間製本

想い

貴方と癌《ガン》をみつめて

春川寿富子

文芸社

旧碓氷峠遊歩道にて
昭和62年８月12日
春川榮一

京都　龍安寺にて
昭和63年４月30日
最後の旅

序

私が春川さんと出会ったのは、一九九三年のことです。

私は六年ほど聖イグナチオ教会の聖歌隊で指揮をしていたのですが、春川さんはそこでアルトのパートを歌っていらっしゃいました。しかし、彼女がすばらしい詩人であることを知ったのは、実はほんの二、三週間前のことです。この『想い』と題された詩集には、彼女の深い想いが、新鮮な響きをもって叙情豊かに表現された、優れた詩が集められています。

私は、これらの詩にとても音楽的な質の高さを感じました。私が彼女と音楽を通して知り合ったことを考えると、当然のことかもしれません。

まず、その言葉づかいが非常に音楽的で、音、言葉、フレーズの繰り返しが、音楽的効果を高めています。

そして、そこには明確なモチーフがあります。まるで音楽作品のように、順々にあらわれ、他のモチーフと混ざり合い、そして再び登場します。愛情と喪失、苦悩と幸

福、悲しみと慰めといったモチーフが、繰り返し表現され、変奏曲を作り上げていま
す。
またテーマとともに、変化するリズムは、詩の様相を変えていきます。まるでアダ
ージョからアレグロ、そしてアンダンテへとテンポが変わっていくように。
多くの読者の心に確実に訴える新鮮さと美が、ここにはあります。このたび、春川
さんの『想い』が出版され、たくさんの読者に届けられることを、私は大変うれしく
思います。

二〇〇一年秋

William Currie, SJ
ウィリアム・カリー
(上智大学学長)

目次

カバー画　信廣雄之

一章

想い

旧碓氷峠の遊歩道を歩く
森林の中の枝から枝へ
飛び交うリスの可愛い姿

まるで天国だ！
このまま時間が止まってほしい

「来年もまた来ようね」と
貴方は約束する

癌をテーマにしたテレビを観る
お互いに無言で
貴方も何か言いたい
私も何か言いたい

でもお互いに何も言えない
観終わってそっと部屋を出る
そして大きく深呼吸する

病に打ち克ち
抗癌剤に打ち克ち
凄まじい生命力で
仕事への意欲をかきたてた

自らを叱咤し
強靭な体力と精神力で
猛暑の中を
燃えるように仕事に打ち込んだ日々

抗癌剤の治療で髪の毛が抜ける
お人柄のよい床屋さんご夫妻に
やっとめぐり会えた

役者でもないのにカツラを付けるなんて……
カツラ付けは出勤前の二人の大仕事

「どう？　可笑しくない？」と貴方は聞く
「うぅん！　少しも可笑しくない　よく似合うわよ！」と
おどけて答える
そっと後ろを向いて目頭を押さえる

もう時間は余り無い
一緒に旅に出よう
共に過ごせる時間を有効に
一刻　一刻を愛おしみながら

もう時間は余り無い
一緒に写せる写真はあと何枚？
もう一枚撮りたい　もう一枚撮りたい
一刻　一刻を愛おしみながら

最後の旅に出る
想い出多い京都へ

まばゆいばかりの金閣寺
人波を避け
そっと木陰の石に腰掛け　拝観する

龍安寺の石庭を　心静かに見入る
静寂の中に思いは同じ
この平安を　いつまでも

幼子は成長した
幼い時よく遊びに来てくださった
裕ちゃん　素子ちゃん
おじちゃまに逢いに来てくださって有難う

少しスマートに成ったおじちゃま
本当はゆっくり歩きたいのに
先頭にたって階段を昇り
皆をびっくりさせる

楽しい語らいの一日が終わる
新幹線のホームと列車の中
もう二度と逢えないお別れ
両方が思い切り　手を振る

靴を買う
来年は履けるかしら
背広をつくる
来年も着られるかしら
お正月を迎える
来年も迎えられますように
そして四回　お正月を迎えることができました

癌と薬の二者に
体力が負ける日がきた
もう薬との闘いは嫌だと貴方は言う

貴方の思うままに
体力の続く限り
何もせず　このまま進もう

笑顔を一杯たたえて　一日が終わる
心は一杯の涙で　一日が終わる

声をこらえて　枕に俯す
夫の寝息が　静かに聞こえる

心の涙を流し　眠りに就く
未だ　悲しんではいけない

食欲の減退が進む　体力が衰える
それなのに貴方は　職場へ身体を運ぶ

全ての動作が緩慢に　人目にも異状がわかる
それなのに貴方は　職場へ身体を運ぶ

極限状態にもかかわらず　精神力だけが
貴方を支えている　貴方らしい生きざまだ

ここまで頑張ったのだから
もう満足でしょう?
神様が休息を促す時がきた

度々の入院で
入院上手になった貴方と私
病室に入ると
「さあ　頭のスイッチを切り替えましょうね」
「パチン！」と声を出してスイッチを切り替える
仕事のことはしばし忘れましょう！

病院の個室はもう我が家
淡い色彩と花で飾る
治療室と　寝室と　小さな生活の部屋

私は笑顔を絶やさない
彩りのよい服とエプロンを着ける
「今日のコーディネートはとてもいいよ
グゥーだよ」と　貴方は満足する

幸せの黄色いリボンをドアーに飾る
花瓶にも　ハンガーにも
淡い黄色のリボンをむすぶ
カーテンをむすぶのも　この黄色のリボン
入院中のシンボルは　この黄色のリボン
いつも元気に退院できたから

病室から眺める都心のビル群
警視庁も　東芝ビルも視界に入る

建築チームの一員として
小さな歯車の一つとして
精根傾けて働いた

完成を喜び
いつも誇りにしていた貴方
もう一度　仕事の出来る身体に
回復してほしい

お見舞の方が大勢いらしてくださる
「会社で何か悪い噂でも立っているのかな？」と
貴方は言う

「こんど会社へ行った時　どんな噂があったか
お聞きになったら？」
「そうだね！」と笑顔の貴方

「春川さん　奥様が明るくていいですね！」
「とても素敵なご夫婦で羨ましい！」と
看護婦さんが言ってくださる

「明るいのと馬鹿が取り柄なんですよ」と
私は笑って言う
「馬鹿な女房は可愛いからね」
私は嬉しかった

これは機嫌のよい日の会話です

「ご主人は他人がお世話できる方ではありませんよ」と
婦長さんは仰った
人の性格を読めるプロだと思った
我儘な貴方

一口　口に含ますお気に入りのアイスクリーム
呼吸を整え次ぎへの準備
水呑みで麦茶を飲ませるタイミング
「ああ美味しい！」と言ったあの一言が
いつまでも耳にのこる

疲労困憊の身体
家に帰り熟睡して疲れをとる
翌朝大急ぎで病室に戻る

行くのを待ちかまえて
あれこれ甘える貴方
でも最期まで尽くせて
悔いはない

病状は一進一退を続ける
次第に坂を転げ落ちるように変化する
身体が萎える
意識障害が襲ってくる
一喜一憂の緊迫が続く毎日

大きな声で呼び掛ける
「私よ！　都留子よ！　分かる？」うなずくような仕種
「早く良くなって貴方の大好きな家へ帰りましょうね！」
貴方の脳細胞のどこかが
この声を理解していることを信じて

この言葉を何十回繰り返したことか
手を握りしめて……
貴方は繰り返し呼び掛けた声に　促されるように
静かに　息をひきとった

もう苦しみは去りました　よく頑張ったわね
私は　慟哭する

強く　優しかった貴方
大きな包容力で
いつも支えてくださった
二十七年間の　歳月に
感謝いたします

職場の多くの皆様の
温かいお力に支えられ
勤務させていただきました

どれほどご迷惑をお掛けしたことでしょう
このご恩は　私が一生感謝してまいります

貴方の人生は
充実した幸せな素晴らしい日々でした
五十五歳の一生は
唯々残念の一語に尽きます

共に過した二十七年間
過ぎ去った時は短く
苦しかったことは消え去り
良い想い出のみ甦る

生まれ変わることができたら
又めぐり逢いたい
貴方と

この三年間
最愛の夫と妹（了子）の癌治療に明け暮れた日々
とうとう二人は
ゴールをめざして歩みを速めた

どうぞ神様
同じ日に天国へゴールインさせないでください
毎日　祈った

妹と貴方は　仲良く二日違いで天国へ逝った
妹も癌　貴方も癌

「お義兄さんの具合はどう？」と妹は聞く
「了子ちゃん可哀想だね　若いのに
やっぱり癌だったの？」と
言って涙ぐんだ貴方

二人は心の中で
支えあっていたに違いない

お洒落でダンディだった貴方
未だ温もりのある貴方
看護婦さんと一緒に
最後の背広を着せました

会社のバッジも付けました
天国へ逝っても　このまま会社へ行かれますよ
でも　もう働かなくてもいいのよ
ゆっくりお休みください

柩の中の貴方
背広姿で寝ているのは似合わない
やっぱり颯爽とした
ダークスーツの営業マンに戻したい

愛読書も　眼鏡も　着替えも　靴も入れました
どうぞ天国でゆっくりお休みください
お洒落もしてね！

お骨を抱き　涙して寝た幾夜
貴方は未だ私の許にいる
骨壺を開ける
貴方がギッシリ　詰まっている

お骨を手にとる
愛娘の一片のお骨の小箱の中に
貴方のお骨の一片を入れる
いつか私もお骨になった時
三人　一緒になる日のために

納骨の朝
貴方を抱き　各部屋を見せて歩く
明るい暖かい部屋　木々の緑
大好物の柿は
今年も沢山　実をつけている

ホラ　ご覧なさい！
毎年秋に二人で採った美味しい
大きな柿
もう一緒に採ることもできない
貴方のお気に入りの家も　庭も
見納めよ　忘れないでね！

病魔に打ち克ち　共に闘った歳月
時は流れる

病魔は執拗に　貴方の身体にしのび込む
時は流れる

二十七年間のよき伴侶として
空気のような存在となった時
別れの　時がきた

心に大きな大きな穴が空きました
それはそれは　大きな穴です
ポッカリと……

遠くへ逝ってしまった貴方
戻ってきてこの大きな穴に
愛を満たしてください

この大きな穴に私は吸い込まれて逝きそうです
吸い込まれて貴方の側に逝かれたら
どんなに幸せでしょう

溢れる涙は拭わない
声を出して泣く　子どものように
大人がこんなに声を出して泣くなんて
知らなかった

愛する夫《ひと》を喪って
はじめて知ったこの悲しみ
人間って何て愚かなのだろう
喪ってはじめて知る
その存在の　大なることを

涙って
どうしてこんなに出るのでしょう
涙って
どこにこんなにあるのでしょう
身体の水分が全部涙になるのかしら？

それなら
身体が枯れるまであるはずだ
それなら
生きている限りあるはずだ
それなら
死ぬまで貴方への愛の涙を
流し続けよう

生まれた時　私の小指の先の赤い糸は
貴方の小指の先と結ばれていた
目に見えない糸で……

二十六年後　お互いの赤い糸は手繰り寄せられ
二人はめぐり逢った
目に見えない糸で……

二十七年間　赤い糸は強い絆となった
愛し子を亡くし　心の絆はより強くなった

二十八年目　貴方は天国へ逝った
赤い糸は天国の貴方と再び結ばれた
いつの日か　私のために糸を手繰り寄せてください

夫婦揃っていいな！
私も貴方と歩きたい
いつも腕をくんで歩いたように

夫婦揃っていいな！
コンサートに行きたい
一緒に聴いたあの名曲を　もう一度

夫婦揃っていいな！
でも人を羨むのはよそう
一番醜いことだから

誰も振り返ってくれない
私がこんなに悲しんでいるのに
心の中はいつも
ＳＯＳを叫びつづけている

人様は皆「お元気？」「お元気そうね！」と
声をかけてくださる
明るい笑顔で
「元気よ！」と答える

心とは正反対に

本当のこと話さなかったこと
ご免なさい
いつも嘘ばかりついたこと
ご免なさい
でも貴方は本当のこと
知っていたのでしょう?

貴方を愛していたから本当のこと話さなかった
貴方も私を愛していてくださったから
本当のこと聞かなかった
お互いの思いやり
最高の愛

二人で頑張った毎日
あの病院通いの日でもよい　もう一度
あの日に戻れたら
叶わぬ願いと知りつつも

貴方がいたから頑張れた
貴方も私がいたから頑張れた
一人になった今　誰のためにも頑張らない

もう頑張ることは　止めよう
自然に生きよう　頑張らずに

一日　一日　悔いの無いほど
貴方に尽くせました
でも「寝ていてもよいから居てほしい」
体験して初めて
この言葉の意味が解りました

辛い治療に耐えた貴方
毎日祈った私
神様は沢山の時間を私達に与えてくださった

何度も苦悩の節目を共に越えた
ある時は共に泣き
ある時は共に諦めた

お休みなさい　貴方！
夢でよいから逢いにきてね　きっとよ
寂しさと　悲しさに　押しつぶされそうな毎日
声を出して泣く
こんなに悲しいのは嫌

約束して寝たのに
夢で逢いにきてくださらなかった　どうして？
貴方が逢いにきてくださらないのなら
こちらから逝くより外ないわね
迎えにきて！

癌の再発から四年余り　緊迫の連続の毎日
治療に関し　医師との話し合いを何度もした私
貴方に真実を知らさない為に通した　嘘

嘘をつかなければならなかったこの辛さ
何度か見破られたその瞬間
その場から逃げ出したくなったことが
どれほどあったことか
心の中で「ご免なさい！　貴方」

「定年は　新社屋で迎えられるよ」
「定年記念に　世界一周旅行しようね」
「定年後は　自分の趣味を楽しむよ」

生きる望みを　自分に言い聞かせて……
でもその定年を待てず
貴方は逝ってしまった

幾多の苦難と　試練と
大きな節目を共に越えた
喜びを倍に　悲しみを分かち合い

心の絆は　試練を越えるたびに強くなった
精神は寛大さを増し
人間性を高め合った

クローゼットを開けると　匂が漂ってくる
背広にしがみつき　泣きじゃくる

貴方のセーターは　すこしブカブカだけど
暖かい
貴方のマフラーは
暖かい
貴方が寄り添っているようだ

激動の一年が閉じる
一時も留まることなく
迎え　去る　時の流れ

胸の鼓動が　耳もとで聞こえる
新たな年に向かって
脈打つ　私の命

新たな年が来る
どうやって　迎えよう？
おめでとう！を　交わす
貴方がいない
今年もどうぞ宜しく！って　言う
貴方がいない

寒梅の薫る　北鎌倉の名刹を訪ねる
小さな五輪塔の墓石が気に入った貴方
「この形にしよう　墓石は」と

貴方は五輪塔の小さな墓を建立した
何も彼も用意して逝った貴方
今は陽当りのよいその墓に
安らかに眠る

毎朝墓に詣で
お茶を供え　花を手向ける
線香の煙のゆらぐ中に
貴方の笑顔が浮かぶ

潑剌と生きよう
　笑顔を忘れずに
感動して生きよう
　若々しく

力まないで生きよう
　柳のように
お洒落して生きよう
　薔薇の花のように

二章

祈り

あの日から一年
なんて速い時の流れ
悲しみから立ち上がらなければ……と
でも悲しみに逆戻りするわたし

あの日から一年
もう泣くのはよそう……と
でも支えのない毎日

神様　どうぞお支えください
毎日祈る

永遠に続くはずの生が
一瞬に止まった……
死の瞬間

生が死に変わるのは
ほんの一瞬
死は遠い遠い先のことであったはず

でも死は一瞬にして
やってくる

生きることは　愛すること
生きることは　愛されること
生きることは　幸せになること
生きることは　祈ること

札幌にて

㈠

胸に彼の君の想いを抱き　北の旅
在りし日の夏　共に旅した地に
今ひとり立つ

なつかしの山々　友と語らい
共に旅した地に
今ひとり友と語る

㈡

廣大な原野を往く車窓のかなた
天と地の交わる地平線
かなた　天国に在る夫《ひと》を想う

海原はるか水平線のかなた
遠く天国へとつづく
哀しみに耐え　夫を偲び旅はつづく

函館にて

われひとり聖堂に佇み祈りささげる
丘の上心静かにマリアに祈る
涼風が心地よく聖母マリア像
ひとり行く孤独に耐えし北の旅

多磨全生園を訪ねて

(一)

苦しみを越え　これほどに
悲しみを越え　これほどに
心研かれ　とぎ澄まされた
美しき顔

苦しみの涙を　どれほどに
悲しみの涙を　どれほどに
ひかえめな口もとに　気品ただよう
美しき顔

㈡

人は愛によって生きる
愛する愛　愛される愛
与える愛　与えられる愛
人はひとりでは生きられない

人は愛によって生きる
神からの愛　神への愛
ふしぎな縁《えにし》の魂のふれあい
支え支えられ　共に生きよう

思い出が　日に日に遠のいてゆく
あなたって本当にいたのかしら……と
不思議な錯覚がわたしをおそう

写真のあなたが見つめている
本当にいたんだよ！
もう忘れたの？……と

わたしの記憶を呼びさます
明るい太陽の下
明日に向って前向きに生きよう

夢で会えた　あなたに
あの微笑みが　なつかしく
胸が高鳴る　消えないで！

夢から覚めたわたし
一瞬の喜びをかみしめて
またの逢瀬はいつかしら……

ふた筋の道
幼い頃からよく見る夢
それはふた筋の道

ある時右の道を進んだ
行く先に光が見える　あぁよかった！
いつもこの道を選ぶようにしよう
心に決める

ある時左の道を進んだ
アッ！　光が見えない
どうしよう！
胸がドキドキして目が覚める

また夢を見る
間違えないように……
でも迷ってしまう

どうしてこんな夢を見るのかしら？
歳を重ねて解った
この夢は
幼い頃からわたしの人生に
何か　示唆を与えていたのだ　と

からだの中を
つめたい風が吹きぬける
倒れないようにしっかり踏ん張る
頬をつたう涙はなぜか温かい

身も心も支えを失ったわたし
虚勢を張って生きる

去る者は疎し……
いいえ　それはちがいます
歳月は愛を遠ざけません
見えない愛は
つよく　深く　つのります

あなたから愛され
あなたを愛したわたし
過去の日々が甦える時
永遠の愛がわたしをつつむ

触れることのできぬ愛
心が　肌が　記憶している

時が過ぎるほどに　時が縮まる
未来が近づくほどに　愛が近づく

不在の愛に　もえる心

歳月は愛を育む
流した涙は　愛の証
耐えた哀しみは　永遠の愛

苔むす寺院の庭に佇む
木の間から差す一条の光の中
彼の夫《ひと》を想う

終《つい》の旅となった古都に
今ひとり立つ

あなたと永久《とわ》の別れをした時
わたしにとって新たな出発となった
大きく羽ばたく未知へ

愛を失い　戸惑うわたしを
大いなる愛が捉えた

共に歩み　生きてくださる
絶対者

希望と感謝に生きる

好きな色
それは黄色　黄色の薔薇

黄色の薔薇は　希望の色
黄色の薔薇は　幸せをはこぶ
黄色の薔薇は　天国にとどく

ガラスの花びんの
トルコ桔梗

純白　濃い紫　シックなピンク
ふちどりのお洒落な花びら
深緑の葉

トルコ桔梗は大人の花
愛するひとへの
メッセージの花

文箱から歳月《とき》を経た
懐かしの恋文の束
流星の如く時が逆戻りする

叶わぬ逢瀬に心燃え
熱き想いをしたためた若き日
過ぎし歳月を想う

出逢いの瞬間《とき》
心高鳴る
これが恋のはじめ

人生の伴侶として
共に心に決めた瞬間
熱き思い

改葬

(一)

骨壺からあなたを出す
半紙にひろげる
久しぶりのあなたは
しっとりと重い

陽当りのよい部屋で
日向ぼっこしましょう

歳月を経て風化し
もろくなっているあなた

そんなあなたに語りかける
今すぐ傍に逝きたいの……

㈡

再びあなたを迎える
思いがけない再会
これも神のご計画

永久《とわ》の別れをしたあの日
お骨になったあなたを
いとおしく愛した

今日教会の納骨堂に安置する
神の子となって永久の眠りにつく

㈢

喜びに心はずませ
神の国へゆこう

吹雪の舞う朝
あなたを抱き教会へ向う

そこは永久の住まい
光の国　神の国

時

振子は今も昔も同じ速さで
時を刻む

季節の移ろいの中
抗うことのできない時は
刻々と流れる

時は歳と共に加速する
時の流れを素直に
受け入れていこう

世俗を去られる
あなた
なんとドラマチックな人生を
歩まれるのでしょう

沢山の想い出の宝石を
胸に秘め……
神様との語らい
祈りの生活に入られる　あなた

あなたのために　わたしも
祈らせていただきます

春

やわらかな陽差しに開花した
みごとな木蓮

大きな花びらを力いっぱい開き
命をみなぎらせる

わたしはこの花に生かされ
どれほど力をいただいたことか

精いっぱい咲き誇った花は朽ち
その枝にやわらかな新芽を宿す

夏には　大きな葉を繁らせ

緑陰をつくる

秋には　お洒落な茶色に衣がえし
葉を落す

花芽を準備し　冬に耐え
そして再び
春が……

夫《つま》逝きて十三年
感謝と祈りのうちに
過ぎし歳月

あとがき

夫が亡くなり十三年の歳月が流れました。

亡くなって二ケ月ほど経った頃、それまでに体験したことのないことが私に起こりました。

夜中ふと目覚めた時、電車の中で……想い出のひとこまひとこまが魂の奥底から言葉となって湧き出てくるのです。それらをメモしまとめたものを『想い』として平成元年一周忌に自費出版いたしました。


このたび、文芸社の小林達也様から出版のお話をいただき、余りの思いがけないことに驚きと戸惑いを感じました。何か大きな力に押されるような思いで、出版に踏み切りました。

一章を「想い」、二章はこの十二年間の折々に綴ったものを「祈り」としてまとめ、新たな『想い』といたしました。拙いもので内心忸怩たる思いでございます。
夫の肺癌は発病時、会社の健康診断で発見されたごく初期のもので、手術即根治という医師からの説明に安堵いたしました。術後四週間毎の検診を続け、もう再発の心配もなくなったと思われた五年三ケ月後に再発いたしました。それからは抗癌剤治療を受けながら勤務に励む日々が続きました。

夫の死は、哀しみと同時に現実のものとして受け止めなければなりませんでした。
新たな人生を歩みはじめた私は、ささやかながらボランティア活動を通し多くの方々との出会いの中、互いに支え支えられ、明るくしっかり生きてまいりました……そしてこれからも。

発病から十年間、私たち夫婦を支えてくださいました多くの方々に今改めて感謝申し上げます。癌の再発から四年余の勤務と闘病生活は、夫と共に生きた私の人生で最も充実した日々でございました。

新たな出版に際しまして、上智大学学長ウィリアム・カリー神父様から、過分なる推薦のお言葉を賜り、身に余る光栄に存じます。信廣雄之先生には、私の大好きな黄色の薔薇を表紙に飾っていただき、とても嬉しゅうございます。

編集に当りましては、中村美和子様の温かなご助言をいただきました。そして、友人の方々のお励ましと祈りに支えられ、今日の日を迎えることができました。

皆様に心からの感謝とお礼を申し上げます。

二〇〇二年一月

春川都留子

春川　榮一（はるかわ　えいいち）昭和七年生まれ

清水建設株式会社勤務

国立病院医療センターにて

昭和五十三年十月　手術

昭和六十三年七月　死去（享年五十五歳）

著者

春川 都留子（はるかわ つるこ）

昭和10年 東京生まれ

想い 貴方と癌《ガン》をみつめて

2002年1月23日 初版第1刷発行

著 者 春川 都留子

発行者 瓜谷 綱延

発行所 株式会社 文芸社

〒112-0004 東京都文京区後楽2-23-12

電話 03-3814-1177（代表）

03-3814-2455（営業）

振替 00190-8-728265

印刷所 株式会社 平河工業社

ISBN4-8355-3090-X C0092